Caroline Fuhrmann

Operation Storchennest

Die Autorin

Caroline Fuhrmann, geb. 1964 und aufgewachsen in Lübeck, wohnt auf dem platten Land im Herzen Schleswig-Holsteins. Nach vielen Jahren als Empfangsleiterin in einem Landhotel macht sie das Schreiben zu ihrer Berufung und veröffentlicht 2021 ihren ersten Jugendkrimi.
Ihre Inspiration findet sie auf ihren ausgedehnten Fahrradtouren durch die Norddeutsche Natur oder im Kreis ihrer großen Familie.

Für meine Kinder, die immer an mich glauben, mich selbst in den verrücktesten Ideen unterstützen und meine größten Vorbilder sind.
Und für meine liebe Freundin Martina Kröger, die genau im richtigen Moment auftauchte. Sie war meine allererste Leserin und hat mich mit ihren Ratschlägen und aufmunternden Worten immer wieder motiviert.

Impressum

1. Auflage 2021

Verantwortlich für den Inhalt:

Caroline Fuhrmann

Steinstraße 27

25364 Brande-Hörnerkirchen

caroline.fuhrmann@web.de

ISBN 978-3-754113-75-2

Druck: epubli – ein Service der Neopubli GmbH, Berlin

Inhaltsverzeichnis

„Auf unsrer Wiese gehet was, watet durch die Sümpfe.
Es hat ein schwarzweiß Röcklein an
und trägt rote Strümpfe.
Fängt die Frösche, schnapp, schnapp, schnapp.
Klappert lustig, klapperdiklapp.
Wer kann das erraten?“
- H.H. Von Fallersleben

Damals

Der Junge zögerte. Plötzlich war er sich nicht mehr so sicher, ob er es wirklich wagen wollte. Sein Blick wanderte die morschen Sprossen der alten Holzleiter hinauf, die ein Stück über die Dachrinne der Scheune hinaus ragte, folgte dem Schwung des Daches bis zum rechten Rand. Dort schwebte in luftiger Höhe das riesige Wagenrad, welches sein Vater vor ein paar Jahren zusammen mit dem Weidenkorb als Nisthilfe für die Störche befestigt hatte.

Er schloss die Augen, hörte das Blut in seinen Ohren rauschen und atmete noch einmal tief ein.

„Hast du es dir anders überlegt, Hinrich?“, fragte sein Vater, der dicht hinter ihm stand und ihm nun verständnisvoll die große, warme Hand auf die schmale Schulter legte.

Und er spürte, wie das Kind in ihm mit dem jungen Mann, der er ja mit seinen siebzehn Jahren eigentlich schon war, kämpfte. Am Ende bezwang er dieses unangenehme Gefühl und fasste sich ein Herz. Er steuerte schnurstracks auf die Leiter zu, bevor er es sich doch noch anders überlegte und erklomm mutig Stufe für Stufe.

In diesem Moment begann es zu regnen. Feiner Sprühregen, der sich wie ein feuchtes Tuch auf seine glühenden Wangen legte und die Sprossen gefährlich rutschig machte. Es war kühl geworden. Viel zu kühl für diese Jahreszeit. Und jeder weitere nasskalte Regentag machte es den Storchenkindern, in dem Nest über ihm, schwerer, diesen Sommer zu überleben. Also hatten sein Vater und er beschlossen, die beiden Küken aus dem Nest zu holen, solange die Alten nicht in der Nähe waren. Sie wollten sie von Hand aufziehen und ihnen damit die Chance bieten, flügge zu werden. Sie hatten einen kleinen Weidenkorb an ein Seil gebunden, damit Hinrich die Kleinen sicher zu seinem Vater hinunter lassen konnte, wie mit einem Fahrstuhl.

Jetzt saß er also – so, wie er es wohl hundertmal zuvor bei seinem Vater gesehen hatte – auf dem First, rutschte Stück für Stück auf das Nest zu, bis er über die ausgefranste Seitenwand schauen konnte. Die beiden jungen Störche hatten sich dicht aneinander gekuschelt und flach auf den Boden gedrückt. Er konnte sehen, wie sich ihr flauschiges Gefieder bei jedem Atemzug ganz leicht hob und senkte. Sie lebten also noch. Gott sei Dank.

Ihre Schnäbel waren noch recht kurz und ganz dunkel gefärbt. Das leuchtende Rot würde erst viel später erscheinen.

Hinrich zog den Korb für ihren Transport nach oben und legte ihn sich auf die Knie, bevor er sich über die Nestwand beugte und vorsichtig erst den einen, dann den anderen Vogel aus dem Nest hob und in den Korb legte. Sie waren noch ziemlich leicht. Viel zu leicht für ihr Alter. Und durch das weiche Daunenkleid hindurch konnte er spüren, wie kalt ihre mageren Körper schon waren. Er betete zum Storchengott, dass sie überleben würden.

Ganz langsam ließ er den Korb nun über die roten Tonpfannen hinunter bis zur Dachrinne gleiten. Sein Vater stand auf der Leiter und nahm den Korb in Empfang.

Der Junge ließ das Seil los und sah seinem Ende hinterher, wie es dem Korb folgte, sich elegant schlängelnd wie eine Natter über die Pfannen bewegte. Gerade wollte er sich wieder rückwärts über den First schieben, um die Dachleiter, die sein Vater für einen sichereren Abstieg dort befestigt hatte, zu erreichen, da bemerkte er plötzlich einen dunklen Schatten über sich. In seinen Ohren rauschte es: Drohend, unheimlich, furchteinflößend, wie eine riesige Welle, die über ihn hereinbrechen wollte. Und bevor er begriff, was hier passierte, spürte er einen spitzen Hieb an seiner Schläfe, der ihm die Tränen in die Augen trieb und wie ein Stromschlag durch seinen

Körper raste. Er schrie laut auf, um den grellen Schmerz, der ihn wehrlos machte, herauszubrüllen. Seine Hände fühlten sich plötzlich taub an, die Kraft aus seinen Oberschenkeln, mit denen er sich an das Dach geklammert hatte, schwand in derselben Sekunde. Dann wurde alles schwarz um ihn.

1. Kapitel

Von Heimat und Heimweh

Es gibt genau drei Möglichkeiten für mich, um dieser furchtbaren, äußerst schmerzhaften Situation zu entkommen. Möglichkeit 1: Auf der Stelle tot umkippen. Das scheitert allerdings daran, dass ganz sicher weder ein Blitz noch eine der umstehenden Personen in den nächsten Minuten diesen Auftrag übernehmen und mich, den zwölfjährigen Jan Fischer, ins Nimmerland befördern würde.
Möglichkeit 2: Umdrehen und wegrennen - was aber zu dieser Jahreszeit auch keine wirklich gute Idee ist. Die Temperaturen schaffen es eben über die Null-Grad-Marke. Das ist mir eindeutig etwas zu frisch für ein Outdoor-Abenteuer.
Ich entscheide mich daher für die Möglichkeit Nummer 3: Abwarten und schauen, wie sich die Sache entwickelt. Mit einem Wort: Resignieren!

Natürlich wusste ich lange vorher, dass mir der Abschied von meinen Großeltern nicht leicht fallen würde. Und dass es sogar schmerzhaft wird, war mir auch immer klar. So, wie mir jetzt klar ist, dass die Sommerferien auch nicht wirklich endlos sind und der erste Schultag mit jedem Atemzug ein Stückchen näher rückt. Und trotzdem glaube ich in der ersten Ferienwoche immer wieder, dass es nur noch dieses eine Leben mit Sonne, Ausschlafen, Faulenzen geben kann - bis ans Ende aller Zeiten.

Und dann holt mich doch jedes Mal die Realität ein und reißt mich mit Macht aus meinem wunderschönen Sommertraum!

„Wir kommen euch bald besuchen", holt Opi mich mit seinem warmen, brummenden Bass zurück in die Gegenwart. Er packt meine Oberarme und umschließt sie mit seinen riesigen Händen. Dann ruckelt er an meinen Schultern, als wolle er mir die Traurigkeit aus den steifen Gliedern schütteln. Und Omi steht vor mir mit ernstem Blick und tränennassen Augen, die plötzlich noch dunkler geworden sind und in endlosen Seen aus tiefer Traurigkeit schwimmen. Sie nimmt mich noch einmal ganz fest in die Arme und drückt mich an ihre Brust, dass mir fast die Luft wegbleibt.

Ich bin mindestens genauso deprimiert wie sie. Aber weinen kann ich trotzdem nicht. Es fühlt sich an, als wäre sämtliche Flüssigkeit in meinem Körper gefroren.

Und dann krieche ich ins Auto und drehe mich nicht mehr um, weil ich weiß, dass sich mir der trostlose Anblick der beiden für immer auf meiner Festplatte einbrennen wird.

Jetzt sitze ich neben meiner Mutter auf dem Beifahrersitz. Wir sind bereits auf dem kurzen Stück Autobahn zwischen Lübeck und Bad Segeberg und Mama versucht immer wieder, mir ein Gespräch aufzuzwingen, mich von meiner Traurigkeit und meiner Wut abzulenken. Aber ich weiß genau, dass sie alles nur schön reden will, damit sie kein schlechtes Gewissen haben muss. Dabei soll sie ruhig ein schlechtes Gewissen haben. Ein sehr schlechtes. Genau wie Papa. Immerhin haben die beiden mit ihrer verrückten Idee, auf's Land zu ziehen, meine große Schwester Lisa und mich aus der gewohnten Umgebung gerissen. Wir mussten unseren schützenden Kokon verlassen und jetzt sollen wir uns völlig neu erfinden.

Lisa scheint das alles aber noch etwas leichter zu nehmen als ich. Mit ihren 14 Jahren ist sie schon ziemlich erwachsen und hat sich schon einmal ihre neue Schule in Elmshorn angeschaut und Kontakt zu den Lehrern und sogar einigen Mitschülerinnen dort aufgenommen. Soweit ich weiß gibt es bereits eine Whats-App-Gruppe.

Während meine Eltern unser neues Haus in Bokel inmitten der Pampa und weit weg von meinem geliebten Lübeck bauten, wohnte Lisa bei Tante Inga in Stockelsdorf und ich bei Papas Eltern am Rande der Stadt, direkt vor dem Holstentor quasi. Meine Schule in der Innenstadt konnte ich von hier aus in wenigen Minuten zu Fuß erreichen, ebenso die Wohnungen der meisten meiner Freunde.

Ich trainierte dreimal die Woche Handball in der 1. Mannschaft der D-Jugend beim TuS. Unsere kleine Mannschaft bestand nur aus 7 Spielern und war trotzdem schon wieder dabei, aufzusteigen. Nach der

Hälfte der Saison hatten wir immer noch kein Spiel verloren. Hätten wir nur so weitermachen können. Dann wären wir vom 1. Platz nicht mehr verdrängt worden.

Jetzt aber muss ich das Team verlassen, werde eine Riesenlücke reißen, und Ersatz für meine Position gibt es in unserem Team nicht. Nur einen unlustigen Nachfolger, der sich erst einmal integrieren muss. Handball ist eben ein Mannschaftssport, bei dem man seine Teamkollegen besser kennen muss, als sich selbst.

Mama hat mir versprochen, mich sofort im Sportverein im Nachbarort anzumelden. Dort gibt es auch eine Handballsparte, sagt sie.

Aber da wird es mir dann wohl genauso ergehen, wie meinem Nachfolger beim TuS: Ich werde meinen Platz in der Mannschaft erst finden müssen. Das wird ein langer Weg, das weiß ich jetzt schon.

Und dann die Sache mit meinen Freunden. Henne und Lukas hatten zwar versprochen, mich spätestens in den Osterferien im neuen Haus zu besuchen. Aber wie ich Ihre Eltern einschätze, sind die nicht bereit 80 Kilometer hin und wieder zurück zu fahren, nur damit die Söhne ein paar Tage auf dem platten Land verbringen können. Auf dem LAND! Zwischen Kuhfladen und Brennnesseln! Was man sich da alles für Keime holen kann! Vom Gräserpollen und Gestank mal ganz zu schweigen!

Nein, das kann ich mir wohl abschminken.

Ich schaue aus dem Fenster und mein Blick verliert sich irgendwo in dem trüben Licht dieses grauen Januartages. Wir haben nun bereits Bad Bramstedt hinter uns gelassen und Mama präsentiert mir stolz ihren neu entdeckten „Schleichweg“. Dunkle Wälder fliegen an uns vorbei und auf den Wiesen links und rechts stehen riesige Wasserpfützen. Schade, dass es nicht friert. Das wären tolle Schlittschuh-Flächen.

Dann erreichen wir das Ortsschild. „Bokel - Kreis Pinneberg“ steht dort Schwarz auf Gelb. Und ich kann nicht glauben, dass ich diesen Ortsnamen in Zukunft angeben soll, wenn ich irgendwelche Formulare in der Schule oder im Sportverein ausfüllen werde.

Bokel? Ich frage mich, was dieser Name wohl zu bedeuten hat. Aber bestimmt hat er gar keine Bedeutung. Wahrscheinlich ist den ersten Bewohnern dieses Kaffs bloß nichts Besseres eingefallen.

„Jetzt sind wir auch gleich zu Hause, mein Schatz“, reißt Mom mich aus meinen Gedanken.

„Zu Hause“, denke ich. „Zu Hause ist in Lübeck! Nicht in diesem Kuhdorf, in dem es wahrscheinlich nicht einmal elektrischen Strom, geschweige denn eine Internetverbindung zur Außenwelt gibt.“

„Du wirst sehen, Jan: Bald hast du dich eingelebt und neue Freunde gefunden. Unser Nachbar hat auch drei Kinder in deinem und Lisas Alter. Und dann gibt es auch noch andere Familien in unserer Straße... alle total nett.“

Nett ist die kleine Schwester von *Scheiße*, das weiß doch jeder.

Wir fahren jetzt am Bokeler See vorbei und mir fällt auf, dass ich noch nie von dieser Seite ins Dorf gekommen bin. Eigentlich kenne ich diese Ecke hier überhaupt nicht.
Der See schimmert genauso trübe wie der graue Himmel darüber oder die Gedanken in meinem Kopf. Und die kahlen Bäume machen das Bild auch nicht einladender. Mir läuft ein Schauer über den Rücken und ich spüre, wie sich meine Nackenhaare aufstellen. Alles in mir wehrt sich gegen diesen Ort. Es ziehen ein paar Einfamilienhäuser und zwei Bauernhöfe an uns vorbei, dazwischen die ein oder andere eingezäunte Weide. Am Ende einer dieser Weiden, mitten im Ort, stehen ein paar alte Gebäude. Eines davon ist wohl eine Scheune, deren Dach im hinteren Bereich eingefallen ist und den Blick auf ein Holzgerippe freigibt, welches wohl einmal ein Dachstuhl war. Die Bewohner scheinen also auch ziemlich nachlässig zu sein, was ihr Hab und Gut betrifft. Ich kann bisher nichts Schönes oder halbwegs Interessantes hier entdecken, was mir meine Situation etwas erträglicher macht. Ich fühle mich so grau und betrübt, wie dieser Januartag, dass es fast körperlich weh tut.
Dann biegen wir in unsere Straße ein.
„Da sind wir schon“, zwitschert Mom. „Glückstädter Straße. Na, wenn das kein Glück bringt, oder?“
An ihrem Gesichtsausdruck meine ich abzulesen, dass sie sich selbst gut zureden muss, um das zu glauben.
Während ich ihr helfe, meine paar Habseligkeiten aus dem Kofferraum und von der Rückbank unseres alten Kombis zu klauben, beäuge ich das neue Haus

argwöhnisch. Das ist also unsere „Fischerhütte“. Der weiße Holzgiebel hebt sich deutlich vom grauen Himmel ab und das leuchtend rote Dach, welches an der rechten Seite bis fast zum Boden reicht, sieht aus wie die freche Haarsträhne im Gesicht eines kleinen Jungen. Mir ist gerade, als würde mir das Haus zuzwinkern, ganz verschmitzt, unter der roten Strähne hervor, die sich eigenwillig über das Auge...

„Verrückt!“, denke ich und schüttele unwillkürlich den Kopf. Und als ich einen zweiten Blick riskiere, muss ich zugeben, dass dieses Haus doch wirklich sehr freundlich und beinahe einladend aussieht. Es wird mich nicht verschlucken. Es wird mich nicht fressen. Es ist einfach nur ein nettes, kleines Haus. Die dunkelblaue geschwungene Schrift auf dem ovalen Emailleschild neben der Tür verrät: „Hier wohnen Agnes & Henning Fischer“. Und auf den beiden kleineren Schildern darunter stehen Lisas und mein Name. Wenn ich zurück nach Lübeck ziehe, kann ich mein Namensschild also einfach abschrauben. Sehr schön!

Dann öffnet sich das zierliche Maul des Hauses und atmet den warmen Duft von frisch gebackenen Zimtwaffeln aus, direkt in meine empfindliche Nase.

Auf der Diele begrüßen uns Papa und Lisa, die sofort mit anfassen und meine Koffer und die Kartons mit meinen wichtigsten „Lego Technik“ Modellen, den Schulbüchern und meinem PC nach oben in den ersten Stock in mein Zimmer schleppen.

„Wir haben schon mal ein paar Waffeln gebacken“, ruft Lisa dann von oben und beugt sich zu uns über die hölzerne Treppenbrüstung. „Das ganze Haus müsste danach schnuppern!“

„Dann lass uns eine kurze Pause einlegen, Jan, bevor du dich einrichtest, ja?“, ergänzt Papa.

Und dann bricht plötzlich wieder diese Welle der Wut über mich herein und schlägt mir mit diesem eiskalten Gefühl von „nicht-dazu-gehören“ ins Gesicht. Bevor ICH mich einrichte? Also IHR habt euch schon eingerichtet? Ihr habt es euch schon so richtig schön gemütlich gemacht, Teppiche verlegt, die Wände gestrichen, Waffeln gebacken, Betten bezogen! Und ich kann mich dann einrichten. In einer Ecke, die IHR für mich festgelegt habt! Ihr spielt so schön glückliche Familie und merkt gar nicht, dass ich hier völlig falsch bin! Dass MEIN Leben ein Stadtleben ist! Mit coolen Freunden, kurzen Wegen, Kino, BurgerKing und einer erfolgreichen Handball-Mannschaft. ICH musste euch in diese Einöde folgen und darf mich jetzt zum Dank EINRICHTEN?

Aber da ich anscheinend nicht in der Lage bin, so viele Gedanken und Gefühle in ganzen Sätzen auszudrücken und auf den Punkt zu bringen, dass meine Familie mich verstehen kann, höre ich mich nur „Nö! Danke!“ brüllen. Ich mache auf dem Absatz kehrt, stürme aus dem Haus und laufe, ohne mich umzudrehen rechts herum, bis zur Ecke und dann wieder rechts und dann... weiß ich auch gar nicht so genau, wie ich hier jetzt plötzlich landen konnte.

Ich stehe an der Straße und schaue eine lange Auffahrt entlang. Links eine Weide, ringsherum eingezäunt mit drei Reihen Stacheldraht, der an irgendwelchen dicken Holzpfählen festgenagelt ist. Zur Straße hin bildet eine alte, knorrige Hecke den Abschluss. Am hinteren Ende des Grundstücks vor mir sehe ich die alte Scheune mit dem eingestürzten Dach, die mir schon vom Auto aus aufgefallen ist. Links davor steht ein altes Bauernhaus. Ein bisschen windschief und traurig. Und schon wieder habe ich das Gefühl, als würde ich in ein Gesicht schauen. Ein Gesicht, dessen Wangen etwas eingefallen wirken, dessen blinde Augen mich unter dem ungepflegten Strohdachschopf hervor anblinzeln.

„Komm ruhig näher", scheint es zu flüstern. „Keine Angst, ich tu dir nichts."

Und wieder spüre ich diese Gänsehaut am ganzen Körper und bemerke, dass sich jedes kleine Härchen in meinem Nacken und auf den Armen senkrecht aufstellt. Ich ziehe meine Schultern und den Reißverschluss meiner Daunenjacke noch etwas höher und fühle mich ein bisschen, wie eine Schildkröte, die sich bei Gefahr in ihrem sicheren Panzer versteckt. Und bevor ich noch überlegen kann, ob es Sinn macht, finde ich mich schon auf der Zuwegung zum Hof.

Es sieht alles verlassen aus, dunkel und kalt. Nicht einmal eine Katze oder ein Hund, die um die Gebäude schleichen oder den Eindringling zu vertreiben versuchen. Stille. Nur ein leises Säuseln über der Scheune mit dem bleichen Holzgerippe. Auf der noch intakten Seite des Daches entdecke ich eine merkwürdige Vorrichtung, eine Art Plattform, rund und mit niedrigen Seitenwänden, die aus dünnen

Zweigen geflochten sind. Hinter dem Gebäude öffnet sich die Landschaft und eine große Wiese erstreckt sich vor mir. Hier und da ragen ein paar Holz- oder Betonpfähle in den Himmel. Auf jedem dieser Pfähle befindet sich wiederum eine dieser merkwürdigen Plattformen. Teilweise sind die Seitenwände ausgefranst und hängen lustlos über die Kante der Plattform.

„Wofür diese Dinger wohl aufgestellt wurden?“, überlege ich. Und habe dabei ein Bild aus dem Geschichtsbuch vor Augen, welches eine mittelalterliche Szene abbildet: Menschen, die zur Strafe auf großen Wagenräder gefesselt und dann auf einem Acker zur Schau gestellt wurden. Solange, bis sie verhungert und verdurstet waren oder die Krähen ihnen die Eingeweide herausgepickt hatten. Diese Vorstellung macht das düstere Gefühl in meiner Brust nicht angenehmer. Im Gegenteil. Doch seltsamerweise schaffe ich es trotzdem nicht, mich einfach umzudrehen und den unheimlichen Ort zu verlassen. Ich steuere jetzt auf das breite Tor der Scheune zu. Die dunkelgrünen Farbschichten sind aufgeplatzt wie tiefe Wunden und geben den Blick auf das nackte, kranke Holz frei. In einem der beiden, mindestens vier Meter hohen, Torflügel befindet sich noch eine kleinere Tür, die einen Spalt breit offen steht und mich magisch anzieht. Die Neugier hat mich gepackt, mit ihren aufgeregt zitternden Fingern und zupft mich Stück für Stück näher auf das düstere, alte Gebäude zu. Und noch bevor ich mich fragen kann, was in einer alten Scheune schon so Wertvolles zu finden sein soll, hat

Frau Neugier bereits den Hauptschalter für die Stromversorgung meines Gehirns umgelegt.

Ich setze vorsichtig einen Fuß vor den anderen und sehe mich um. Mein Blick wandert über die breite Diele, auf der ein paar meterlange Baumstämme sorgsam aufeinander gelegt sind. Einige alte Wagenräder, die vielleicht einmal zu einer Kutsche gehört haben mochten, verbeulte Eimer, einige Gartengeräte und eine Schubkarre liegen verstreut herum. Rechts von mir schaue ich an einer Art Gerüst hinauf bis zum Dachstuhl, der an dieser Stelle einzusehen ist. Auf und unter dem Gerüst sind jede Menge Stroh- oder Heuballen gestapelt. Vielleicht gibt es ja doch einige Tiere auf dem Hof? Pferde oder Kühe? Aber nein, die hätte ich gehört oder sogar schon von weitem gerochen. Wahrscheinlich liegen diese Ballen schon seit hundert Jahren hier, als der Hof noch bewirtschaftet wurde.

Auf der linken Seite hat es wohl auch einmal eine solche Vorrichtung für die zu lagernden Ballen gegeben. Hier ist sie aber nur noch zu erahnen. Der größte Teil ist dem Holzbock, der Wut des Hausherren oder einfach der Zeit zum Opfer gefallen und in sich zusammengestürzt. Auch hier kann ich bis in den Dachstuhl blicken, der an seinem hinteren Ende nur noch aus ein paar zersplitterten Dachlatten besteht, die wie achtlos hingeworfene Mikado-Stäbchen in den grauen Himmel ragen. Einige Dachpfannen sind an dieser Stelle auf den harten Lehmboden gefallen und zerbrochen. Wie einst die Hoffnung auf ein gutes und reiches Leben auf diesem Hof. Ich spüre die

Mutlosigkeit, die auf diesem Gebäude und dem gesamten Hof lastet. Dieses Gefühl drückt mich nieder und raubt mir sogar den Atem. Es ist so stickig und muffig hier, dass ich nur noch hier raus will. Wo ist die Tür?

Da höre ich durch meinen Gedankennebel plötzlich ein eigenartiges Geräusch. Ein Schlurfen und Stapfen, wie von schweren Stiefeln auf nassem Lehm. Ich bin wie erstarrt. Was ist das? Hier lebt doch niemand! Es war doch keine Menschenseele zu sehen. Keine Spur von einem lebenden Wesen auf diesem trostlosen Gehöft. Das habe ich mir zumindest eingeredet bevor ich Frau Neugier in die Eingeweide der Scheune gefolgt bin.

Schlurf! Stapf! Schlurf! Ein sonderbarer Rhythmus, als würde jemand humpeln. Stapf! Stapf! - Stille.

Jetzt bin ich gefangen! Ich kann doch hier nicht einfach stehen bleiben und so tun, als wäre es das Normalste der Welt, in fremder Leute Gebäude herumzuschnüffeln! Ich muss mich verstecken! Aber wo nur? Wo? Mein Blick scannt den Innenraum der Scheune, rast wie gehetzt hin und her, das klapprige Gerüst hinauf und wieder hinunter. Dann reiße ich mich zusammen und springe mit einem beherzten Satz, der mir sicherlich nicht einmal eine schlechte Drei im Sportunterricht eingebracht hätte, hinter eine niedrige Wand aus Strohballen und hoffe, dass das knisternde Geräusch des trockenen Strohs mich nicht verrät.

Als sich die Tür mit einem unangenehmen Ächzen ein Stückchen weiter öffnet, versuche ich krampfhaft den Hustenreiz zu unterdrücken, den der Staub in meinem Hals hervorruft. Ich halte mir Mund und Nase mit der Hand zu und denke an saure Zitronen. Es funktioniert ein bisschen und mir läuft der Speichel im Mund zusammen. Ich schlucke. Immer noch einmal. Sammle den Speichel. Schlucke. Schlucke noch einmal. Bis das furchtbare Kribbeln in meinem Hals ein wenig nachlässt. Bis mein Atem wieder ruhiger geht.

Das Geräusch entfernt sich wieder, schlurft wieder auf die Tür zu. Ich versuche, mich ein wenig zu recken und einen Blick auf den Eindringling zu werfen. Im dumpfen Gegenlicht, das durch die geöffnete Tür sickert, erkenne ich eine graue Gestalt, gebeugt wie unter einer schweren Last, mit einer Art Arbeitskittel und dicken Stiefeln bekleidet, auf dem Kopf eine Schiebermütze. Es ist ein alter Mann. In der Hand trägt der Alte jetzt eine kleine Axt oder ein Beil. Oh nein! Ich bin verloren! Hier komme ich nie wieder heil heraus! Der Kerl hat mich sicher entdeckt und wartet jetzt nur darauf, dass ich mein Versteck verlasse und dann wird er mir sicher mindestens eine Hand abschlagen! Nie wieder will ich von zu Hause weglaufen ohne ein Wort! Wie gerne würde ich jetzt mein Zimmer einrichten? Wie gerne eine heiße Zimtwaffel verdrücken, mit sehr viel Apfelmus und im Kreise meiner glücklichen Familie!

Ich spüre, wie mir eine dicke Träne über die Wange kullert und mit einem leisen Geräusch auf einen der trockenen Strohhalme tropft.

Dann gibt es ein hohles Krachen, als die Tür ins Schloss geworfen wird und kurz darauf ein Scheppern wie von einem riesigen Schlüsselbund auf trockenem Holz.

Der Alte hat mich eingeschlossen!

2. Kapitel

Von Hunden und Hütten

Ich kann es immer noch kaum glauben, dass der Graukittel und ich uns letzte Woche gegenseitig so furchtbar erschreckt haben. Als er die Tür abgeschlossen hat, bekam ich es wirklich mit der Angst zu tun, weil ich fürchtete, die Nacht in dieser schrecklichen Scheune verbringen zu müssen. Ich habe gleich versucht, einen anderen Ausgang zu finden. Dabei bin ich dann gegen einen der Blecheimer auf dem Boden getreten und es hat höllisch laut gescheppert. Zum Glück! Der Alte hat dann nämlich prompt wieder aufgeschlossen, um zu sehen, was in seiner Scheune vor sich ging. Das war meine Chance! Ich habe all meinen Mut und meine Panik zusammen genommen und die Flucht nach vorne angetreten.

Ich hoffe nur, dass ich dem Hinkebein nicht weh getan habe. Vielleicht war mein Schubser, mit dem ich mir meinen Fluchtweg frei gemacht habe, doch etwas zu heftig? Ich meinte sogar, dass er sich auf den Hintern gesetzt hat. Fast habe ich ein schlechtes Gewissen. Immerhin ist der Gute nicht mehr der Jüngste. Ich werde ihm bei nächster Gelegenheit noch einmal einen Besuch abstatten, um zu schauen, wie es ihm geht.

Jetzt muss ich aber zunächst diesen Schultag hinter mich bringen.

Das Barmstedter Gymnasium ist übrigens ein hässlicher 90er-Jahre-Bau, dessen Flure und Treppenhäuser alle gleich aussehen, sodass ich mich sogar nach einer Woche Schulalltag immer noch verlaufe. Eventuell liegt das aber auch daran, dass ich einfach kein besonders guter Navigator bin. Oder vielleicht lasse ich mich auch viel zu sehr durch den froschgrünen Plastikbelag in den Fluren verwirren. Es will mir ganz und gar nicht in den Kopf, wie jemand auf die Idee kommen kann, ein so giftiges Grün für den Fußbodenbelag einer Schule auszuwählen. Außer vielleicht, um die Selbstmordrate der Lehrkräfte in die Höhe zu treiben. Wahrscheinlicher ist jedoch, dass es sich um einen billigen Restposten gehandelt und den Auftraggeber somit viel Geld gespart hat.

Eine Woche in diesem Gebäude hat auf jeden Fall dafür gesorgt, dass ich das Gefühl nicht los werde, völlig fehl am Platz zu sein. Jeden Tag aufs Neue versuche ich, selbstsicher zu wirken, so, als wäre ich gar nicht darauf angewiesen, mich jemandem anzuschließen, Freundschaften zu knüpfen. Stattdessen gehe ich mit gesenktem Kopf durch die Gänge, kann meinen Blick kaum heben - was aber sicher nicht an der Farbe des Fußbodens liegt, sondern wohl meiner Natur geschuldet ist. Ich gehöre nämlich eher zu den schüchternen Typen.

Schon nach wenigen Tagen habe ich begriffen, dass es hier in den 7. Klassen einige durchorganisierte Cliquen gibt. Die dazugehörigen Leute unterliegen anscheinend irgendeinem geheimen Dresscode und sind überwiegend mit teuren aber langweiligen Markenklamotten bekleidet. Die Mädchen tragen ihre - meist langen - Haare gerne geflochten und kunstvoll um die hübschen Gesichter drapiert. Die Jungs sehen haartechnisch eher ziemlich cool aus. Ihre Frisuren sind gegelt, gescheitelt, mit Tolle oder ganz kurz geraspelt.
Rein äußerlich passe ich schon nicht ins Bild mit meinen „No-Name-Klamotten" und diesem blonden Schopf, der sich eigenwillig in dicken, welligen Strähnen auf meinem Kopf verteilt und nicht zu bändigen ist, sodass ich zu jeder Tageszeit aussehe, als wäre ich gerade aus dem Bett gestiegen. Ich muss mich also auch gar nicht erst anstrengen, einen der heißbegehrten Cliquen-Plätze zu ergattern. Egal! Cliquenwirtschaft ist eh nicht so meins.
Also schaue ich mich einfach mal bei den Leuten um, die augenscheinlich keine „Cliquenwirtschafter" sind. Aber hierbei handelt es sich um eine ganz besondere Spezies von eher sonderbaren Sonderlingen, die sich immer und überall absondern (tolles Wortspiel, finde ich). Nein, Danke! Das kann ich auch allein.

Und so überkommt mich beinahe täglich dieses unendlich traurige Gefühl, das man hat, wenn man etwas oder jemanden für immer verloren hat. Dieser kalte Klammergriff, der sich eisig um das Herz legt, dass es ziemlich doll wehtut, weil man nicht mehr dazugehört und keiner sich für einen interessiert. Und beinahe täglich spreche ich jetzt unbewusst diesen einen Satz immer wieder mantra-artig vor mich hin: „Keiner mag mich! Alle sind sie gegen mich! Keiner mag mich...“. Solange, bis ich daran glaube. Das macht die Sache allerdings auch nicht leichter für mich. Und mit jedem Tag an dieser verdammten Schule vermisse ich meine Kumpels mehr und mehr!

Am ersten Tag in der neuen Klasse hatte der ein oder andere Mitschüler noch ein paarmal neugierig zu mir herüber geschaut. Doch weil ich mir einbildete, diese Blicke wären allerhöchstens abschätzend wenn nicht sogar abwertend und nicht ehrlich und interessiert gemeint, habe ich entsprechend mit einer coolen Ignoranz reagiert. Diesen Bonus des exotischen Neulings, den alle berührt und ausgefragt haben wollen, habe ich damit direkt wieder verspielt. Jetzt ist also eine Woche vergangen und ich bin weiterhin allein auf grünem Flur – oder wie sagt man? Verlaufen und verloren sozusagen. In dieser Situation kann man eigentlich nur weglaufen oder – mit meiner Taktik - resignieren!

Ich versuche es dann also mal wieder mit „Resignation“. Wenn das nicht hilft, kann ich immer noch meine Sachen packen.

Mama sagt immer, ich hätte die Eigenschaften eines typischen Jungfrau-Geborenen: ich sei pflichtbewusst, wissbegierig, analytisch. Und sie müsse es schließlich wissen, denn „Astrologie“ sei schließlich ihr zweiter Vorname. Meine Meinung dazu ist, dass ich ein pedantischer, perfektionistischer Besserwisser bin und damit einigen Mitmenschen ganz schön auf die Nerven gehen kann. Das sind quasi die dunklen Seiten meines Sternzeichens. Aber wer mich einmal richtig kennengelernt und sogar zum Freund hat, dem bin ich treu ergeben bis ans Ende aller Zeiten. Wie einst ein Ritter seinem König.

Doch hier, auf dem platten Land, am Ende der Welt, legt anscheinend niemand Wert auf meine Freundschaft, geschweige denn auf meine Ritterlichkeit.

Ich versuche, die erdrückenden Gedanken jetzt einfach beiseite zu wischen wie ein paar hässliche Kekskrümel von einer sauberen Tischdecke. Wenigstens steht jetzt Deutsch bei Frau Doktor Klüver auf dem Stundenplan. Frau Doktor ist an dieser Schule der erste Mensch, der mir mit Freundlichkeit und aufrichtigem Interesse begegnet. Ich mag ihren Unterricht. Das Thema ist zurzeit: „Mein Tagebuch". Das kann ich. Also, ich schreibe jetzt nicht: „Liebes Tagebuch", oder so einen Schmusekram. Und mein Tagebuch heißt auch nicht „Mein Tagebuch". Es ist vielmehr ein kostbares, in helles, weiches Leder gebundenes Kladdeheft, in das ich – beinahe täglich – meine Gedanken und die wichtigen Ereignisse des Tages notiere. „Logbuch II" steht in einer besonderen, doppelkonturigen Schrift auf dem Einband. „Logbuch I" habe ich bereits vor einem halben Jahr vollgeschrieben. Nun präsentierte ich Frau Doktor das aktuelle Logbuch stolz in der letzten Stunde. Und als sie mich fragte, warum ich mein Tagebuch wie ein Schiffs-Journal nenne, erklärte ich ihr, dass ich schließlich aus einer alten Hansestadt komme und der Schifffahrt sehr zugeneigt sei. Sie musste grinsen. Wahrscheinlich hat sie mich gleich durchschaut und kapiert, dass ich – ausgenommen bei meinem Besuch des Museumsschiffs im Hafen an der Untertrave – niemals sonst einen Fuß auf ein schwankendes Boot gesetzt habe. Aber sie ließ sich nichts anmerken, zog nur anerkennend eine Augenbraue in die Höhe.

Ansonsten scheint sie sich darüber zu freuen, dass ich ihrem Unterricht interessiert folge. Immerhin sitze ich in ihrer Stunde ganz vorne in der ersten Reihe. Und das obwohl ich ständig das Gefühl habe, alle anderen Leute aus der Klasse, die ja zwangsläufig hinter mir sitzen, würden ihre herabwertenden Blicke in meinen Rücken bohren wie giftige Pfeile. Normalerweise würde mich das völlig nervös machen. Aber ich bin viel zu gefangen von dem Stoff, den Frau Doktor vermittelt, dass ich alles andere geradezu ausblende.

Es gibt aber auch einige Typen, denen es in ihrem Unterricht zu langweilig wird. Ich höre sie hinter mir unruhig hin und her rutschen, kichern, flüstern. Besonders drei Jungs fallen mir auf. Robin, dieser obercoole Typ, der wahrscheinlich noch bei sommerlichen 30 °C nicht aus seiner schwarzen Lederjacke zu locken ist. Die beiden scheinen miteinander verschmolzen zu sein. Dieser Kerl erinnert mich ein bisschen an die Figur „Strohhut-Ruffy“ aus der Anime-Serie „One Piece“, die ich fast täglich mit meinem Kumpel Henne auf „Pro Sieben Maxx“ geschaut habe. Seine pechschwarzen Haarsträhnen fallen ihm wild ins Gesicht, sodass man seine Augen kaum sehen kann. Außerdem habe ich bei ihm immer das Gefühl, er sei manchmal nicht von dieser Welt. So, als wäre er auf der Suche nach diesem einen besonderen Schatz, um in einem parallelen Universum der König der Piraten zu werden. Nur OHNE Strohhut.

Tom und Marcel sind die anderen beiden und eigentlich nur ein jeweils farbloser Abklatsch von ihrem Anführer. Tom's dunkles Haar ist glatt zurückgekämmt und mit irgendeinem Leim fixiert. Das macht sein pausbäckiges Kindergesicht mit den hellblauen Kulleraugen auf merkwürdige und unpassende Weise streng. Und Marcel sieht aus wie einer dieser radikalen Plakate-Träger aus den Nachrichten der Tagesschau. Sein beinahe kahlgeschorener Schädel ähnelt einer Abrissbirne. Leider scheint sich nicht allzu viel Grips darin zu verbergen. Außerdem hat er eine sehr blasse und durchscheinende Gesichtsfarbe. Vielleicht hat sich die Pubertät deshalb gedacht, ihm ein paar rote Pickel auf Stirn und Wangen zu tupfen. Als farbliche Wiedergutmachung sozusagen.

Ab und zu wirft Robin eine unqualifizierte Bemerkung in den Raum und erntet dafür dummes Gekicher von seinen Kumpels. Manchmal auch von anderen Klassenkameraden. Leider kann ich beim besten Willen nichts Witziges an seinen Äußerungen finden. Also ignoriere ich die Typen einfach und konzentriere mich auf meine Arbeit.

Ganz besonders heute, denn der Eintrag in mein Logbuch lautet: „Ich bin schon ganz gespannt! Mom hat heute Morgen verkündet, dass sie eine Überraschung für uns hätte. Jetzt kann ich es kaum noch erwarten, dass die Schule vorbei ist und ich in den ersten Schulbus springen kann. Wenn ich raten sollte, würde ich tippen, dass sie am Wochenende mit uns nach Lübeck fahren will. Aber ich muss mich wohl noch ein bisschen in Geduld üben und die letzten beiden Stunden überstehen."
Der Tag zieht sich in die Länge, wie ein Kaugummi. Aber schließlich verkündet der Dreiklang des Schulgongs, dass nun endlich die letzte Stunde beendet ist und ich nach Hause darf.

Der Schulbus ist – wie immer nach der 8. Stunde – super voll. Kaum können sich die Türen schließen, weil die letzten Kids auf den Stufen der Einstiege stehen. Ich habe mir eine winzige Lücke in der Mitte ergattern können und klammere mich an die Haltestange. Da sehe ich, wie sich Robin und seine Gefolgsleute durch den Gang drängeln und jeden beiseite schubsen und stoßen, der ihnen im Weg ist. Ich beobachte, wie Robin einen Knirps aus der Fünften mit dem Ellbogen hart im Gesicht trifft, dass der Kleine laut aufschreit. Robin bleibt abrupt stehen, dreht seinen Kopf dann ganz langsam, wie in Zeitlupe, zurück und zischt über die Schulter: „Klappe!"

Sofort ist der Knirps leise und betastet stattdessen vorsichtig den roten Fleck auf seiner Stirn.

„Arschloch!“, höre ich mich sagen, gerade in dem günstigen Moment, in dem Robin es hören kann, weil er sich jetzt bis auf meine Höhe heran gedrängelt hat.

Wir stehen uns für zwei oder drei Sekunden Auge in Auge gegenüber. Sein Gesichtsausdruck verrät Erstaunen, gemischt mit einer großen Portion Fassungslosigkeit. Für einen Moment fühle ich mich derart überlegen, weil er so dümmlich guckt, und triumphiere innerlich. Nach außen spüre ich, wie sich meine Gesichtsmuskeln zu einem schrägen Grinsen verziehen. Und fast im gleichen Augenblick bemerke ich, wie er die Augenbrauen drohend zusammen zieht und die Lippen aufeinander presst. In der nächsten Sekunde trifft mich der gleiche Ellbogen, der auch den Fünftklässler so hart massiert hat, mit ziemlicher Wucht im Magen, dass ich mich reflexartig vor Schmerz ein Stück zusammen krümme und die Luft aus meinen Lungen mit einem lauten Stöhnen ausstoße.

„Leg dich nicht mit mir an, Dicker!“, höre ich Robin noch durch das Rauschen in meinen Ohren hindurch, während er seinen Weg durch die Menge bereits fortsetzt, als wäre nichts gewesen.

Das Schlimmste ist, dass es niemanden zu interessieren scheint, was dieser Mistkerl sich erlaubt. Er darf schubsen, drängeln, Schläge verteilen. Aber kaum einer nimmt Notiz davon. Und alle anderen machen ihm den Weg frei, wie einem König. Das macht mich so wütend. In meinem Kopf beginnt es zu rattern und zu knirschen, als das Getriebe meines Gehirns sich in Gang setzt, um einen Plan auszuarbeiten, wie man diesen Typen mal in seine Schranken weisen könnte.

Doch die Rachegedanken verschwinden bereits in dem Moment wieder, in dem ich zu Hause ankomme und die Tür aufschließe. Das erste, was ich höre, ist dieses eigenartige Geräusch, als würde jemand mit einer Harke die Holzdielen im Wohnzimmer bearbeiten. Schon fällt es mir schlagartig wieder ein, weshalb ich mich heute so beeilt habe.

Und da springt sie auch schon auf mich zu: Die Überraschung! Als schwarzes Fellknäuel getarnte, überschwängliche Lebensfreude. Ein Plüschball aus Energie und bedingungsloser Liebe. Ich lasse meinen Rucksack einfach auf den Boden fallen und mit ihm zusammen alle Last, die sich in der Schule zwischen meine Bücher und Hefte geschummelt hat, knie mich daneben und breite nur noch die Arme aus. Der Plüschball, der etwa so groß ist wie ein Sofakissen, springt hinein und wischt mir die letzten trüben Gedanken mit seiner kleinen, rosa Zunge fort.

Ich bin völlig überwältigt von soviel Zuneigung und Wärme.

„Da scheinen sich ja zwei gefunden zu haben", höre ich Mama lachend sagen.

Sie hat sich in den Türrahmen zum „Lebensraum" - so heißt unser „Koch-Wohn-Esszimmer" - gelehnt und beobachtet die ausgelassene Szene anscheinend mit Genuss. Neben ihr steht Lisa mit einem breiten Grinsen im Gesicht. Ihre grünen Augen leuchten und mir wird ganz warm ums Herz. Die Magenschmerzen sind vergessen. Seit meiner Ankunft in der Glückstädter Straße ist dies der erste, wirklich glückliche Augenblick, den ich hier erlebe.

„Jetzt braucht der Kleine nur noch einen Namen und einen Schlafplatz“, höre ich Mama wie aus weiter Ferne. „Und dann kannst du gleich einmal mit ihm Gassi gehen und ihm seine neue Umgebung zeigen, Jan.“

Gassi gehen? Nichts lieber als das! Schlafplatz? Na klar, oben in meinem Zimmer, neben dem Bett. Und Name? Moment... also... da fällt mir noch nichts ein, was wirklich zu diesem kleinen schwarzen Flauschball passt. Ich nehme ihn in beide Hände und strecke die Arme aus, sodass ich ihn mir genau anschauen kann. Ich drehe und wende ihn ein bisschen hin und her.

„Meinst du, da hängt irgendwo ein Etikett mit seinem Namen, wie bei einem Steifftier?“, fragt Lisa und kichert.

Alberner Witz, denke ich. Und schaue mir den kleinen Hund, der eine Mischung aus Labrador und Federboa zu sein scheint, weiter an. Und überlege angestrengt. Ein Rüde, stelle ich fest. Rüde. Und es rattert und knackt wieder in meinem Kopf. Ein rüder Rüde? Rü – di – ger!

„Rüdiger!“, rufe ich erfreut.

„Spinnst du?“, fragt Lisa empört. „Das ist doch kein Name für einen Hund!“

„Für einen Hund vielleicht nicht, aber für einen guten Freund“, antworte ich und drücke Rüdiger an meine Brust. Er schleckt mir den Hals und das Kinn noch einmal sauber, als wolle er sich bei mir bedanken und mir erklären, dass er den Namen super findet. Wir zwei sind ein Team, durch dick und dünn. Das steht schon mal fest.

Mama erzählt, dass sie Rüdiger auf dem Hof unserer Nachbarn, den Winters, entdeckt hat, als sie deren leckere, frische Kuhmilch dort kaufen wollte. Das war vor zwei Wochen, gleich nachdem sie, Papa und Lisa hierher gezogen waren. Die Winters seien wirklich nette Leute mit drei Töchtern, die etwa in Lisas und meinem Alter sind. Pauline, die Haus- und Hofhündin, hat am 31. Oktober, also am Halloween-Abend, für Nachwuchs gesorgt, den Mama sich unbedingt hat ansehen sollen. Und dann war es auch schon um sie geschehen. Liebe auf den ersten Blick sozusagen. Als ich mir Rüdiger so anschaue, der jetzt in meinem Arm eingeschlafen ist und leise schnarcht, kann ich sie nur allzu gut verstehen.

Rüdiger ist jetzt elf Wochen alt und im Moment alles andere als stubenrein. Da er anscheinend mich als seinen besten Freund ausgesucht hat, wird mir gar nichts anderes übrig bleiben, als drei-, viermal die Nacht und mehrmals am Tage mit ihm vor die Tür oder in den Garten zu gehen. Aber die Aussicht auf diese Pflicht kann mein großes Glück trotzdem nicht schmälern.

Irgendwann blinzelt Rüdiger mich aus seinen dunklen Knopfaugen an. Ausgeschlafen! Zeit zum Spielen? Wir gehen in den Garten und ich lasse ihn überall herumschnüffeln, damit er sein neues Zuhause kennenlernt. Wir kommen in den hinteren Teil des Grundstücks, in dem sich, etwas versteckt hinter einigen hohen Büschen, eine alte Gartenlaube befindet. Bisher hatte ich die gar nicht richtig bemerkt. Jetzt werde ich neugierig und schaue durch eines der schmutzigen Fenster in die Dunkelheit. Einige alte Möbel stehen herum und es sieht nicht sehr einladend aus. Aber ich beschließe, mich drinnen auch einmal umzuschauen, und zu meiner Überraschung lässt sich die Tür ganz einfach öffnen. Sie ächzt und stöhnt etwas, als ich sie aufschiebe. Rüdiger ist derweil zwischen meinen Beinen hindurch in die Hütte gehuscht und ich verliere ihn für einen Moment aus dem Blickfeld, weil das Dunkel ihn verschluckt. Als meine Augen sich an die Dunkelheit hier drinnen gewöhnt haben, erkenne ich, dass mein Hund vor einem alten, mit einer dicken Staubschicht bedeckten Sofa steht und erwartungsvoll mit seiner kurzen Rute wedelt, als hätte er einen Schatz entdeckt. „Braver Hund“, lobe ich ihn. „Das hast du toll gemacht. Ein wunderschönes, staubiges Sofa hast du da gefunden! Da können wir uns jetzt jeden Nachmittag zum Klönen treffen.“

Ich hebe das kleine Knäuel hoch und setze es neben mich auf das staubige Möbel. Wir sitzen ein paar Minuten ganz still da und schauen uns um. Und als ich dann in Rüdigers süßes Hundebabygesicht blicke, muss ich lachen.

„Sag mal, Rüdi“, frage ich dann, „wie wäre es, wenn wir diese Laube als unseren Zweitwohnsitz anmelden?

Papa könnte uns helfen, die alten, kaputten Möbelstücke zu entsorgen.“

Rüdiger springt mit den Vorderpfoten auf meine Oberschenkel und kläfft mich einmal kurz an.

„Okay! Schon klar. Das Sofa bleibt natürlich hier. Versprochen.“

3. Kapitel

Von Freunden und Feinden

Kaum zu glauben, dass schon wieder zwei Wochen vergangen sind, seit Rüdiger bei uns eingezogen ist. Er hat sich sehr gut eingewöhnt. Papa hat mit mir zusammen einen kuscheligen Korb für ihn als Schlafplatz besorgt. Ein bequemes Brustgeschirr sowie eine Leine haben wir nun auch. Jeden Tag lernt mein Kleiner etwas Neues dazu und kann schon ein paar witzige Kunststückchen. Zum Beispiel bringt er mir auf Kommando Papas Turnschuhe, die er immer unter der Treppe versteckt. Und wenn ich sage: „Give me five!“, hebt er seine rechte Pfote und berührt damit meine ausgestreckte Hand. Dafür gibt es dann immer ein kleines Leckerli. Er ist ein wirklich kluger Kerl, und er wächst unheimlich schnell. Jetzt wiegt er beinahe 9 Kilogramm. Jeden Tag laufen wir eine kleine Runde durchs Dorf oder spielen im Garten. Und dann haben wir tatsächlich unsere alte Hütte leergeräumt – bis auf das Sofa, natürlich – und gefegt und Fenster geputzt. Mom hat uns vor ein paar Tagen einen bunten Flickenteppich von Ikea mitgebracht, sodass es jetzt richtig wohnlich ist. Papa hat ein paar kaputte Dachschindeln ausgewechselt, damit es nicht hereinregnet. Auch das Schloss in der Tür hat er ausgewechselt. Es gibt nur einen einzigen Schlüssel, und den habe ich. Eigentlich fehlt jetzt nur noch eine Heizung oder ein Ofen, denn es ist schon recht kalt hier im Winter. Deshalb hat Papa schon überlegt, eine Brennhexe einzubauen, wie es sie in Bauwagen gibt. Aber das ist ihm wohl doch etwas zu gefährlich.

Rüdiger schläft übrigens gerne auf seinem Lieblingssofa, wenn er nach dem Spielen müde ist. Dann habe ich Zeit, meine Erlebnisse in mein Logbuch einzutragen. Es tut gut, sich die Sorgen von der Seele zu schreiben. Ich fühle mich dann wirklich viel leichter. Aber auch die positiven Ereignisse notiere ich hierin. Und dabei merke ich, dass ich mich einfach nur auf die guten Dinge konzentrieren muss, um die Welt ein wenig heller zu machen. Das brachte mich vor kurzem dann auf die Idee, meine Geschichte selbst zu kreieren, sozusagen das Drehbuch für mein Leben zu schreiben. In meiner Geschichte bin ich dann der Held, der zwar etwas Angst hat aber auch sehr mutig ist. Der es mit jedem aufnimmt. Der klug und geschickt ist. Der Freunde hat, die zu ihm halten. Es fühlt sich gut an, für einige Momente am Tag in diese Träume und Visionen abzutauchen. Und dann schaue ich das schwarze Plüschkissen Rüdiger an und fühle diese tiefe Dankbarkeit in mir. Dann stelle ich mir vor, dass ich zusammen mit meinen Freunden in dieser Hütte sitze, dass wir über Gott und die Welt diskutieren und lamentieren und lauter lustige Ideen produzieren.

In der Schule läuft es derweil mäßig. Robin und seinen beiden Rittern des Unrechts versuche ich, möglichst aus dem Weg zu gehen, was nicht immer gelingt, da wir ja in den meisten Fächern zusammen Unterricht haben. Aber jeder Tag ohne diese Typen fühlt sich an, wie ein Monat Urlaub.

Heute steht dann auch wieder eine Deutschstunde bei Frau Doktor auf dem Plan. Sie benotet gerade ein paar Hausaufgaben. Ich bekomme selbstverständlich mal wieder eine 2+ für eine Kurzgeschichte, die aus einem meiner Einträge ins Logbuch entstanden ist. Es geht um einen neugierigen Jungen, der sich - verbotener Weise – auf dem Hof eines alten, einsamen Bauern herumtreibt und von diesem versehentlich in einer Scheune eingesperrt wird. Am Ende werden diese beiden unterschiedlichen Figuren dicke Freunde.

Frau Doktor ist begeistert und ermuntert mich, weitere Geschichten zu schreiben. Sie findet meine Ausdrucksweise toll und rät mir, an einer „Schreibwerkstatt“, die wöchentlich in Elmshorn stattfindet, teilzunehmen, um mich weiter zu entwickeln. Ich freue mich zwar riesig über dieses Lob, überlege aber gleichzeitig, wie ich dies wohl zeitlich mit meinem – immer noch geplanten - Handballtraining und den täglichen Spaziergängen und Übungen mit Rüdiger vereinbaren kann. Aber ich werde es auf alle Fälle in Betracht ziehen.

Unterdessen sucht Robin anscheinend nach seinem Hausheft, während Frau Doktor geduldig wartet. Er kriecht bis zu den Schultern in seinen Rucksack. War wohl nichts.

„Na, Robin? Hast du die Aufgaben vergessen?“, fragt Frau Doktor.

„Ach was! Hab ich gemacht. Ganz sicher! Hab nur das Heft nich' eingepackt, wegen dem Fußballtraining gestern Nachmittag“, will Robin sich herausreden.

Meine Güte, was ist das bloß für ein bildungsresistenter Intelligenzallergiker, denke ich.

„Könntest du den letzten Satz noch einmal wiederholen?“ fragt Frau Doktor nun mit einem ernsten Unterton.

Und ich sauge scharf die Luft ein, weil mir Robins Satz förmlich in den Ohren schmerzte.

Robin guckt sie schief an. „Was jetzt? Wegen dem Fußballtraining, oder was?“, wiederholt er brav, wenn auch in einem zickigen Ton.

Aua, das tut richtig weh, du Pfosten!

Und in der nächsten Sekunde höre mich lehrmeisterlich sagen: „Es heißt: Wegen DES Fußballspiels. Also nicht „Dativ“ sondern „Genitiv“! 2. Fall: Wessen oder Weswegen!“, und füge noch hinzu: „Also einfach gesagt: Geh nie tief ins Wasser – weil da tief ist!“

Ich hätte mir am liebsten direkt auf die Zunge gebissen! Wie kann man nur so dumm sein und diesen tumben Typen vor der ganzen Klasse bloßstellen? Andererseits ist es nun endlich raus. Jetzt weiß er, was ich über ihn denke: Gerade mal genug Gehirnzellen, um nicht ins Wohnzimmer zu kacken. Das schafft dann wenigstens Klarheit.

Und während in der Klasse zuerst ein Raunen und dann helles Gelächter anschwillt, begegne ich Robins

Blick, der mir unmissverständlich klar macht, dass ich so gut wie tot bin. Er hebt die rechte Faust ganz langsam vor seine Brust, spreizt Zeigefinger und Daumen ab und feuert zwei unsichtbare Kugeln in meine Richtung. Ich glaube, eine hat mich zwischen den Augen getroffen, denn mir schießt jäh ein dumpfer Schmerz in die Stirn.

Was bin ich doch für ein Klugscheißer! Besserwisser! Lebensmüder Idiot!

Ich drehe mich um, die todbringenden Blicke Robins nun in meinem Rücken, und vergrabe mich sicherheitshalber in meinem Logbuch wie ein Maulwurf in seinem Erdhügel. Einfach ignorieren den Typen, versuche ich mich zu beruhigen. Dann verschwindet er sicher wieder in seiner Mülltonne. Was will er schon machen? Mich erschießen? Mir den Hals umdrehen? Soll er mal versuchen.

Was ich bereits ahne ist, dass Robin mich ab sofort nicht mehr in Ruhe lassen wird. Er wird mir nachstellen und sobald sich ihm die Gelegenheit bietet, wird er sich rächen.

Wie hervorragend ich diesen Kerl eingeschätzt habe, zeigt sich bereits in der nächsten Pause. Seine Wut ist also anscheinend noch nicht vollständig verraucht. Dass Frau Doktor ihm für die fehlende Hausaufgabe dann auch noch eine glatte „5“ verpasst hat, trägt ganz sicher einen nicht unerheblichen Teil zu seiner äußerst schlechten Befindlichkeit bei. Außerdem ist es wissenschaftlich nachgewiesen, dass feige und verletzte oder in die Enge getriebene Ratten zum

Angriff übergehen und zurück beißen. In solch einem Ausnahmezustand sind diese Viecher extrem gefährlich und sogar in der Lage, aus dem Stand unglaubliche eineinhalb Meter hochzuspringen. Robin ist feige und in die Enge getrieben genug, um aus dem Stand flotte drei Meter zu überbrücken.

Ich bin jetzt zwar vorgewarnt, aber immer noch naiv genug zu glauben, dass mir nichts Schlimmes passieren kann. Ich lebe schließlich in einer relativ zivilisierten Gesellschaft, in der man nicht einfach dem ungeliebten Nachbarn mit der Keule eins über die Rübe haut, nur weil der einem ein Stück Mammut geklaut hat. Dummerweise habe ich unterschätzt, dass Robin mit einem Bein noch mitten im Zeitalter der Höhlenbewohner steckt und die mangelnde Kommunikationsfähigkeit einfach mit einem hohen Maß an Brutalität wett macht.

Ich bin auf dem Weg in die Cafeteria, als mich plötzlich ein bellendes „Heh, Professor!" aus meinen Gedanken peitscht.

Ich muss mich gar nicht umdrehen. Robin und die Ritter des Unrechts sind nur wenige Schritte hinter mir. Eine Gänsehaut wächst wie ein Schuppenpanzer über meine Arme und meinen Nacken hinunter. Die Härchen stellen sich auf und nehmen jede negative Schwingung wie feinste Antennen auf. Der Seismograf in meinem Hirn schlägt heftig aus. Die Erde unter meinen Füßen beginnt zu schwanken, als mein Schritt automatisch schneller wird. Ich versuche trotzdem, mir nichts anmerken zu lassen, um in dem kurzen Zeitfenster, bevor Robin bemerkt, dass ich auf der Flucht bin, ein paar Meter Abstand zwischen uns zu bringen. Die Cafeteria befindet sich einige Meter vor mir, kurz davor zweigt ein Flur nach rechts ab. Ich erreiche die Ecke, biege nach rechts und – dann beginne ich zu laufen.

Hinter mir höre ich Robin brüllen, ich solle stehen bleiben. Das ignoriere ich jedoch. Warum sollte ich ihm diesen Gefallen auch tun? Ich laufe im Slalom um einige Mitschüler herum, die mir auf dem Gang in die Quere kommen, biege kurz darauf links ab, durch die Glastür hindurch ins Treppenhaus. Immer zwei Stufen auf einmal erklimme ich. Auf dem zweiten Absatz kann ich einen kurzen Blick über das Geländer werfen und erkenne, dass noch keiner der Typen das Treppenhaus erreicht hat. Also verlasse ich die Treppen im oberen Stockwerk und presche über den nächsten Flur, in dem sich die Fachräume befinden. Im Vorbeilaufen drücke ich verzweifelt jeden Türdrücker. Physikraum - verschlossen! Chemieraum – fest verschlossen! Chemieraum II – ebenso! Verdammt! Was mache ich bloß? Dahinten endet der Gang. Dann gibt es nur noch: Umdrehen und den Verfolgern in die Arme laufen oder einfach mit dem Rücken an der Wand auf den Todesstoß warten. Die Panik kriecht immer tiefer in meine Eingeweide und schnürt mir die Luft ab. Mechanisch greife ich nach der Klinke des Biologieraumes wie nach einem Strohhalm vor dem Ertrinken, drücke sie herunter und schmeiße mich in einer letzten, verzweifelten Bewegung gegen die Tür. Sie springt auf, welch

Überraschung, und ich stürze in den Raum und werfe die Tür im gleichen Augenblick hinter mir ins Schloss. Mein Blick hetzt suchend durch den Raum, scannt jedes Detail. Ich muss mich irgendwo verstecken. Aber wo? Unter einem der Arbeitstische? Niemals! Dann kann ich ebenso gut mitten im Raum stehen bleiben. Unter dem Lehrerpult bringt es genauso wenig. Aber die Schränke dort hinten sehen vielversprechend aus.
Ich springe zwischen den Tischen und Stühlen hindurch bis an die drei Meter hohen Wandschränke, in denen die verschiedensten Weichtiere in unterschiedlichen Einmachgläsern konserviert sind. Ein Gruselkabinett der besonderen Art. Egal, es nützt nichts. Ich öffne wahllos eine der Schranktüren, werfe noch einen kurzen Blick in die oberen Regalreihen, von denen mich Frösche, Kröten und ein paar Reptilien unverhohlen anglotzen. Zum Glück ist das unterste Regalfach leer, und ich falte mich kurzerhand auf Schultaschen-Größe zusammen und quetsche mich in den Schrank. Leise ziehe ich nun die Tür hinter mir zu und hoffe inbrünstig, dass Robin nicht auf die Idee kommt, mich ausgerechnet im Bioraum zu suchen.

Plötzlich höre ich leise Schritte. Sie kommen auf mein Versteck zu, scheinen direkt davor stehen zu bleiben. Dann wird die Tür ganz langsam aufgezogen, und ein schmaler Lichtstrahl erhellt meinen Unterschlupf. Jeder Muskel in meinem zitternden Körper ist angespannt und zum Angriff bereit. Ich blinzele den Türöffner vorsichtig an, in der

Erwartung, einen Fausthieb mitten auf die Nase zu erhalten. Doch: Nichts geschieht. Also schiele ich angespannt ins Gegenlicht und kann ein schmales Gesicht erkennen. Ein Typ in meinem Alter, den ich vom Schulhof kenne. Lange blonde Haare zum Zopf gebunden, strahlendblaue Augen hinter einer dünnen Nickelbrille, schiefes Grinsen. Marvin, soweit ich weiß. Ein Nerd, der sich – so wie ich – meistens allein herumdrückt. Sein langer, schlacksiger Körper steckt immer in dunklen Jeans, einem weißen Hemd und einer viel zu weiten dunkelgrauen Weste. Superschlauer Typ - aber eben auch super sonderbar. Und garantiert genauso ein Angsthase wie ich.

Marvin schaut mich kurz an, dann nickt er verschwörerisch und schiebt die Tür wieder zu. Nur so weit, dass ich durch einen Spalt hinausblicken kann. Just in diesem Moment wird die Tür zum Bioraum aufgerissen, und es wird laut. Marvin bleibt jedoch – anscheinend ungerührt - ganz in meiner Nähe am Schrank stehen und öffnet eine weitere Tür. Er nimmt ein paar der Einmachgläser und stellt sie auf einen der Arbeitstische der letzten Reihe.

„Heh, Freak! Hast du den Neuen gesehen?“, höre ich Robin keifen. Seine Stimme klingt drohend, und ich kann förmlich spüren, dass Marvin wie unter einem Peitschenhieb zusammenzuckt und sich krümmt. Der Raum füllt sich allmählich mit dem scharfen Geruch von Angst und einem würzigen Arroganz-Aroma.

„Ne-Nee“, stottert Marvin, „welcher Neue?“

„Na, wie viele Neue haben wir denn in letzter Zeit bekommen, häh?“

„Ach so, den meinst du. Nee, hab ich nich'. Wieso?“
„Geht dich gar nichts an, Alter!“
„Geht mich nichts an“, bestätigt Marvin brav.
Gespannt lausche ich der Unterhaltung. Gleich wird er mich verpfeifen. Der hat doch richtig viel Schiss in der Hose, der Junge.
„Der Kerl ist doch ganz sicher hier rein gelaufen. Das war die einzige Tür, die offen war“, höre ich nun Robin wieder. „Also raus mit der Sprache! Sonst setzt es was!“
Ich beuge mich etwas weiter vor, sodass ich sehen kann, wie Abrissbirnen-Marcel, der sich einen Schritt hinter Robin befindet, drohend seine Faust hebt, um den letzten Satz zu unterstreichen. Marvin weicht tatsächlich ein Stück zurück und zieht den Kopf ein.
„Rede endlich, du Freak, oder willst du dein Mittagessen heute mit dem Strohhalm schlürfen?“
Marcel und Tom springen, wie auf ein geheimes Kommando, an ihrem Herrn und Meister vorbei, packen Marvins Arme und schubsen ihn unsanft an die Schrankwand, dass die Gläser auf den Regalen empört klirren. Marcel greift den blonden Pferdeschwanz und zieht mit einem jähen Ruck daran. Marvin schnaubt vor Schmerz und biegt den Kopf gezwungener Maßen in einer eher uneleganten Bewegung nach hinten.
„Schönes Schwänzchen“, feixt Marcel. „Vielleicht schneide ich ihn dir ab. Könnte noch eine Trophäe an meinem Fahrradlenker gebrauchen.“
Ein leises, metallisches Klicken verrät mir, dass er ein Taschenmesser hervorgeholt hat und es aufschnappen

lässt. Marvin stöhnt auf. Das war es dann wohl. Gleich wird er es ausspucken und mein Versteck verraten.

„Sorry, Jungs“, keucht Marvin jetzt. „Aber ich habe hier nur die Aufgabe, die Schränke aufzuräumen. Gleich wird Herr Brockmöller kontrollieren, wie weit ich bin. Wenn der euch hier sieht, wird er mächtig Ärger machen. Ich bin nämlich der Einzige, der hier rein darf.“

Für einen kurzen Augenblick scheinen die anderen drei zu überlegen, was an diesen Worten wohl dran sein könnte.

„Also gut,“ höre ich Robin dann zischen. „Sollte ich erfahren, dass du mit dem Neuen unter einer Decke steckst, bekommst du ein richtiges Problem, Alter.“

Plötzlich schreit Marvin laut auf: „Ah! Verdammt! Spinnst du?“

„Das soll dich nur daran erinnern, dass das kein Spaß ist, mein Lieber“, zischt Marcel, der einen Blick auf die Klinge seines Messers wirft. Was er sieht, scheint ihm eine Art Genugtuung zu verschaffen. Er klappt das Messer zusammen und lässt es wieder in die Hosentasche gleiten. Als die drei sich dann wieder in Bewegung setzen, ziehe ich sicherheitshalber den Kopf ein. Trotzdem kann ich sehen, dass Robin sich bereits umgedreht hat und mit einem lässigen Gang zur Tür schlendert, während seine Bodyguards ihn vor einem eventuellen, heimtückischen Überfall schützen und deshalb rückwärts gehen, um ihren Feind dabei ganz genau im Auge zu behalten. Tom ist der letzte, der den Raum verlässt, nicht ohne noch einen

weiteren, drohenden Blick in Richtung Marvin zu schicken.
Als die Tür krachend ins Schloss fällt, zähle ich noch einmal kurz bis 10. Dann erst traue ich mich, aus dem Schrank zu kriechen.
„Danke, das war sehr mutig“, sage ich, während ich mich wieder auf Lebensgröße auseinander falte. Ich will Marvin die Hand als Geste der Dankbarkeit reichen, da bemerke ich, dass der sich mit schmerzverzerrtem Gesicht an die rechte Wange fasst. Dann hebt er die Hand vor die Augen und starrt die Fingerspitzen ungläubig an. Erst jetzt bemerke ich den etwa fünf Zentimeter langen Kratzer, der sich quer über seine rechte Wange zieht.
„Oh! Das tut mir leid!“, entschuldige ich mich, weil mir irgendwie bewusst ist, dass er diese Züchtigung nur meinetwegen einstecken musste. Obwohl mir genauso klar ist, dass ich es keinesfalls hätte verhindern können.
„Ach, schon gut“, sagt Marvin dann, und seine Stimme klingt beschwichtigend. „Du hättest eh nichts machen können. Drei Schläger und ein Messer gegen zwei halbe Portionen ist nicht das, was man Chancengleichheit nennen würde.“
Dann guckt er mich schräg von der Seite an und streckt seinerseits mir die Hand hin. „Ich heiße übrigens Marvin. Marvin-Oliver, genauer gesagt. Aber den Oliver kannst du auch direkt wieder vergessen. Die meisten nennen mich sowieso nur „Muffin“.“
Er grinst. Sicherlich, weil er alles andere als ein dicker Muffin ist. Eher eine Laugenstange.

„Ich bin Jan," stelle ich mich vor. „Was soll der zweite Vorname?" will ich dann wissen. „Und warum ausgerechnet „Muffin"?"

„Aber das sind ja gleich zwei Fragen auf einmal!", bemerkt er und kichert. „Oliver? Ach, der Zwillingsbruder meines Vaters hieß Oliver. Der ist kurz vor meiner Geburt gestorben, und meine Eltern wollten ihm wohl eine Art Denkmal setzen. Und Muffin? Tja", er überlegt kurz. Dann fährt er fort: „Meine Eltern hatten eine Bäckerei, als ich ein kleines Kind war. Anscheinend habe ich mich dort durch die Regale gefuttert. Ich war auf alle Fälle bis zu meiner Einschulung hier am Gymnasium ziemlich dick. Das änderte sich schlagartig, als der Stress hier begann." Er grinst schräg und schaut mich dann seinerseits fragend an: „Wie kommt es, dass die Robin-Gang dich auf dem Kieker hat? Hast du ihnen die Poesiealben geklaut? Die scheinen ja richtig sauer auf dich zu sein."

„Ich habe mich nur erdreistet, den Blödmann Robin im Deutschunterricht auf einen Kasusfehler hinzuweisen. Du weißt schon: Das übliche Problem mit Genitiv und Dativ. Mir war nicht bewusst, dass es den armen Kerl derart in seinem Stolz verletzt."

Jetzt müssen wir beide lachen, und das löst den letzten Rest Spannung endlich in Rauch auf. Ein befreiendes Gefühl.

Als die Tür abermals aufgerissen wird, ist es aber erst einmal vorbei mit den Albernheiten. Im Türrahmen erscheint das runde Gesicht von Herrn Brockmöller, der – wie versprochen – kontrolliert, wie weit Marvin mit seiner Aufgabe, die Reptilienkonserven zu sortieren, gekommen ist.

„Alles in Ordnung, Marvin?“ fragt er und schaut etwas angestrengt durch den Raum, und als sein Blick an meinem Gesicht hängen bleibt, guckt er leicht verwirrt und fragt Marvin: „Hast du doch Unterstützung nötig? In 10 Minuten muss ich den Raum abschließen. Also beeilt euch ein bisschen. Ach, und dann“, wendet er sich nun an mich, „macht es ja auch immer einen guten Eindruck, wenn ein Neuschüler sich derart engagiert.“

Damit verschwindet das runde Gesicht so plötzlich wieder wie es erschienen war. Nur um etwa drei Sekunden später noch einmal in den Raum zu schauen.

„Marvin, du blutest da im Gesicht. Lass das mal im Krankenzimmer anschauen.“

Dann verschwindet er endgültig, und wir sind wieder allein und schauen uns verdutzt an.

„Er wird dich nie mehr vergessen“, lacht Marvin. „Du hast quasi einen Stein bei ihm im Brett.“

„Und du eine Schramme an der Backe, mein Lieber.“

Ich bin besorgt, und nach Lachen ist mir plötzlich gar nicht mehr zumute, wenn ich daran denke, dass ich jederzeit und mehrere hundert Male am Tag Robins eingetretene Pfade kreuzen werde. Und Muffin, der Retter in der Not, wird bei den dreisten Drei sicherlich jetzt auch ganz oben auf dem Speiseplan stehen.

Aber ich habe heute gelernt wie nah sich Lachen und Weinen, Freud und Leid und – vor allem – Freund und Feind sind.

Als Muffin und ich den Bioraum verlassen, sichern wir sorgfältig die Umgebung. Robin und seine Bodyguards können quasi überall lauern! Und ich ahne, dass uns gefährliche Zeiten bevorstehen.

4. Kapitel

Von Plastik und Panik

Seit Muffin mir im Bioraum aus der Patsche geholfen hat, haben wir uns schon einige Male für den Nachmittag verabredet. Meistens hocken wir in der Hütte und quatschen über sinngebende Dinge wie die Handball-Ergebnisse der 2. Liga, die neuesten Computerspiele, die coolsten Lego-Technik-Modelle und Julius' neues Longboard, das er zu Weihnachten bekommen hat und mit dem er seit ein paar Tagen zur Schule cruised.

Julius, dieser drahtige kleine Typ mit Surfer-Frisur und dem coolen Stirnband. Selbst bei diesen frostigen Temperaturen läuft er stets in ziemlich kurzen Jeanshosen herum, die mindestens seine muskulösen Waden freilassen. Ich friere schon beim bloßen Hingucken. Den Typen umgibt eine geheimnisvolle Aura. Aber anscheinend will niemand etwas mit ihm zu tun haben. Er geht in Muffins Klasse und ist wohl so etwas wie sein Gelegenheitsfreund. Die beiden kennen sich seit der Grundschule und unternehmen ab und zu gemeinsam etwas. Ich bin jedes Mal beeindruckt von den Kunststücken, die Julius auf seinem Board vollführt und dann wünsche ich mir

insgeheim, ebenso geschickt und mutig zu sein und einen Cross Step oder einen Handstand auf dem rollenden Board absolvieren zu können.
Die traurige Wahrheit ist, dass ich noch nicht einmal einen Handstand auf der Turnmatte einigermaßen elegant beherrsche. Und wenn ich versuchen würde, auf einem rollenden Skateboard die Füße zu kreuzen, wäre ein sechswöchiger Gips ganz sicher das Resultat. Das liegt wahrscheinlich an meinem Gleichgewichtsgefühl, das dem einer Banane ähnlich ist. Meine Stärke ist tatsächlich der Mannschaftssport. Beim Handball kann ich meine Ausdauer und die recht guten Reflexe unter Beweis stellen und auf dem Spielfeld bin ich wendig und ziemlich schnell. Die meisten Tore der letzten Saison habe ich entweder selbst geworfen oder sie waren einer meiner Vorlagen zu verdanken. Außerdem bin ich von Natur aus eher kein Einzelkämpfer. Die Mannschaft, das große Ganze, war mir schon immer wichtig. Umso schlimmer waren die letzten Wochen ohne meine Kumpels für mich. Ohne den Rückhalt und ohne das Gefühl, gebraucht zu werden.
Aber seit ich Muffin kennengelernt habe, kehrt dieses Gefühl ganz allmählich wieder zurück. Wir passen zumindest ein wenig aufeinander auf. Auf diese Weise konnten wir in den letzten Tagen Zusammenstöße mit der Robin-Gang vermeiden. Neue Schrammen oder blaue Augen sind also derzeit nicht zu verzeichnen. Was aber an der Gesamtsituation nicht viel ändert. Denn Robin und seine „Dummies“ treiben weiterhin ihr Unwesen. Auf dem Schulhof genauso wie im Bus.

Und dass die dreisten Drei im Nachbardorf – keine 3 Kilometer von meinem Zuhause – wohnen, macht die Sache nicht angenehmer für mich. Ständig habe ich das Gefühl, beobachtet oder sogar verfolgt zu werden. Dann wünsche ich mir insgeheim, dass Rüdiger ganz schnell groß und stark wird, damit er jedem, der sich mit mir anlegen will, beibringen kann, was Demut ist. Eines ist mir aber heute schon völlig klar: Irgendwann werde ich mich der Herausforderung stellen und den Typen ein für allemal beweisen müssen, dass sie mit ihrem kriminellen Verhalten auf Dauer nicht durchkommen werden. Doch bis dahin ist es noch ein langer Weg, und ich habe auch keine Idee, wie das funktionieren sollte.

Heute ist ein halbwegs schöner und trockener Tag Anfang Februar. Ich bin früher als geplant zu Hause, weil zwei Schulstunden ausgefallen sind. Herr Brockmöller hat sich krank gemeldet und es gab keine Vertretung. Dort angekommen schnappe ich mir dann gleich Rüdigers Leine, und er weiß sofort, was jetzt kommt und hüpft aufgeregt vor mir auf und ab, wie ein Flummi.

„Aus, Rüdiger!“ bestimme ich. „Und Sitz!“

Rüdiger hüpft noch zweimal. Dann setzt er sich brav auf die langen Hinterläufe und wedelt vergnügt mit der Rute. Als wir die Straße zur Dorfmitte hinunter laufen, knabbert der freche Kerl ständig an der Leine herum und zieht und zerrt, als wolle er mich auffordern, doch etwas schneller zu laufen. Es gibt ja schließlich so viel zu sehen. Also beschleunige ich meinen Schritt und lass ihn bestimmen, wo es heute lang gehen soll. Rüdiger schnüffelt aufgeregt und beginnt zu kläffen und noch dringender zu zerren. „Was ist denn nur los, mein Kleiner?“ Ich mache mir ernsthaft Sorgen, dass er sich gleich selbst stranguliert und werde automatisch noch etwas schneller. Dann stehen wir plötzlich vor der langen Auffahrt, die ich vor ein paar Wochen per Zufall entlang geschlichen bin. Rüdiger scheint dieser Ort – genau wie mich damals – magisch anzuziehen. Heute jedoch bin ich zunächst hin und her gerissen zwischen meiner guten Erziehung und der abermals aufkommenden Neugierde. Aber was soll hier schon so spannend sein, dass man sich über Anstand und Regeln einfach hinwegsetzt und das Grundstück fremder Leute betritt. Ich kann es mir nicht erklären. Ich weiß nur, dass mein Verstand anscheinend einfach aussetzt, sobald ich einen Fuß auf diese Auffahrt gesetzt habe. Und dann mache ich noch einen Schritt - und finde mich augenblicklich auf halbem Weg zu diesem verwahrlosten Gehöft mit seinen maroden Gebäuden.

Rüdiger kläfft und zieht immer noch wie ein Verrückter. Also mache ich ihn einfach los und schaue, was passiert. Trotz des Radaus, den Rüdiger veranstaltet, bleibt es ansonsten still auf dem Hof. Keine Menschenseele ist zu sehen. Aber der Welpe scheint genau zu wissen, wohin er laufen muss. Zielstrebig rennt er über das Kopfsteinpflaster und verschwindet hinter der Scheune, bevor ich auch nur realisiert habe, dass dieser unerfahrene Plüschball sich mit größter Wahrscheinlichkeit in Gefahr begibt. Das habe ich nun davon, seinem Drängen nachzugeben.

„Rüdi“, rufe ich ihm nach. „Rüdiger! Bleib stehen! Hierher! Rüdiger! Bei Fuß!“

Doch ich begreife schnell, dass alle Befehle, und seien sie noch so laut und drohend gebrüllt, meinen Hund nicht davon überzeugen können, dass er sich in absoluter Todesgefahr befindet, wenn er nicht gehorcht. Ich beschleunige meinen Schritt und laufe an der Scheune entlang auf die Ecke zu. Hinter der Scheune öffnet sich das Gelände zu einer Wiese, die an ihrem äußersten Ende sanft abfällt. Rüdiger ist nicht mehr zu sehen, nur sein quietschendes Kläffen, das sich meiner Meinung nach jetzt etwas gequält anhört, kann ich von irgendwo dort unten hören. Und dann sehe ich IHN: Den grauen Kittelmann mit dem Humpelbein. Diesen verrückten Typen, der mir vor ein paar Wochen mit dem Beil ein Körperteil abtrennen wollte!

Na gut, wenn ich ganz ehrlich bin, glaube ich nicht wirklich, dass dieser sonderbare Mensch sein Hab und Gut derartig brutal verteidigen würde. Und wenn ich ihn mir aus dieser Entfernung so anschaue, sieht er sogar eher harmlos aus. Aber das ändert nichts an der Tatsache, dass mein Hund vor Angst beinahe auszuflippen scheint. Humpelbein steht circa 80 Meter entfernt von mir am anderen Ende der Wiese und beugt seinen Oberkörper weit vor, als wolle er sich die Schuhe zubinden. Und dann erkenne ich, dass Rüdiger wie toll vor ihm herum hüpft und bellt und fiept.

Verdammt! Was macht der Kerl mit meinem Hund? Der wird doch wohl nicht... ?

Ich springe mit ungefähr 20 langen Sätzen auf den Feind zu, um meinen Rüdi zu retten.

„Rüdiger! Ich komme! Halte durch!“

Immer schneller laufe ich, stolpere über ein paar alte, gelbe Grasbüschel, fange mich wieder und springe mit einem lauten Keuchen auf den Alten zu. „Lassen Sie meinen Hund zufrieden! Der hat Ihnen doch gar nichts getan!“ keife ich nun todesmutig.

Der Alte hebt den Kopf. Ganz langsam, wie in Zeitlupe, richtet er sich auf und schaut mich dann etwas verwirrt und mindestens genauso empört an. Er schiebt seine speckige Schiebermütze ein Stück aus der Stirn, um sein Blickfeld zu vergrößern. Seine hellgrauen Augen unter den dicken, buschigen Brauen fixieren mich wie ein Scanner. Ich habe das Gefühl, die Blicke bohren sich direkt in meinen Kopf, um dort meine Gedanken zu lesen und deren Code zu entschlüsseln. Und Rüdiger springt währenddessen immer noch - wie angestochen - um seine Beine herum.

Dann plötzlich hebt der Alte die linke Hand und hält den erhobenen Zeigefinger in Rüdigers Richtung, als wolle er sagen: „Pass auf!“

Dabei schaut er meinen Hund nicht einmal an und sagt auch gar nichts. Hält einfach nur den Zeigefinger in die Luft während er mich die ganze Zeit mit seinem strengen Blick anglotzt. Die Wirkung ist mehr als beeindruckend: Rüdiger schweigt, hört auf zu hüpfen, setzt sich auf die Hinterläufe und wedelt nicht einmal mehr mit dem Schwanz. Lediglich seine kleine rosa Zunge, die aus dem weit aufgerissenen Mäulchen hängt, verrät, wie aufgeregt er noch immer ist. Mit großen Augen starrt er den Graukittel an, als erwarte er den nächsten Befehl.

Moment mal: Rüdiger ist MEIN Hund! Was fällt dem Typen eigentlich ein? Ich spüre, wie sich eine Welle aus Ärger und einer Art von Eifersucht in meinem Körper ausbreitet, wie ein gefährliches Gift. Ich muss schlucken, aber der schale Geschmack nach kaltem Brennnesseltee bleibt einfach auf der Zunge hängen. Jetzt bloß cool bleiben und schauen, wie sich die Situation entwickelt.

„Lässt du deinen Hund immer ohne Leine laufen?", fragt Graukittel jetzt. „Hast du gar keine Angst, dass er einfach auf die Straße läuft? Er ist ja quasi noch ein Baby!"

Das klingt ja ein bisschen nach Schimpfe. Was fällt dem denn ein? Das geht ihn doch nichts an, ob und wo ich meinen Hund von der Leine lasse. Der ist doch nicht mein Vater. Außerdem ist ja nichts passiert. Aber, nun ja, irgendwie hat er schon Recht: Rüdiger ist tatsächlich ein Baby, das noch keinerlei Gefahren kennt. Er muss wirklich noch viel lernen. Allerdings bin ICH sein Herrchen. ICH werde ihm diese Dinge beibringen. Und ICH werde derjenige sein, der mit ihm übt, auf MEINE Befehle zu hören.

Graukittel beugt sich nun noch einmal zu dem immer noch ganz still dasitzenden Hund hinunter, nimmt ihn in seine großen Pranken und hebt die beinahe 12 Kilogramm vorsichtig vor sein Gesicht. Rüdi lässt es bereitwillig geschehen. Er versucht nur, mit seiner kurzen rosa Zunge Graukittels Knollennase zu erreichen.

„Na, du bist ein freundlicher kleiner Kerl.“ Graukittels Stimme klingt tief und warm und etwas knarzig und sie berührt etwas in mir.

Dann schaut er mich wieder an und fragt: „Wie alt ist der Kleine?“

„14 Wochen“, antworte ich brav.

Der Alte dreht Rüdiger hin und her, um ihn sich von allen Seiten genau betrachten zu können. Dann sagt er: „Schau dir seine Pfoten an. Der wird mal ziemlich groß. Der wird viel Auslauf brauchen. Und arbeite mit ihm. Diese Hunde müssen beschäftigt werden, sonst machen sie dummes Zeug. Wie hast du ihn gerufen? Rüdiger? Toller Name für einen Rüden.“

Meint er das ernst? Toller Name? Will der sich bei mir etwa einschleimen?

Er setzt Rüdi vorsichtig in ein trockenes, gelbes Grasbüschel. Dann setzt er sich in Bewegung und humpelt vor mir her über die Wiese und den kleinen Hang hinunter, an dessen tiefster Stelle ein schmaler Bach die Wiese in zwei Hälften teilt. Ich folge ihm einfach während Rüdiger leichtfüßig neben ihm her trottet, als wäre dies sein Herrchen und nicht ich.

Graukittel ist ein komischer, alter Kauz. Aber er scheint uns beide ja sehr zu faszinieren. Ich blicke mich um, während ich immer wieder, etwas unbeholfen, über ein paar Maulwurfshügel und die vielen Grasbüschel stolpere. Über die gesamte Wiese sind ein paar meterhohe, gerade Baumstämme aufgestellt, auf deren Spitzen jeweils ein großes Wagenrad und darauf wiederum ein riesiger Weidenkorb befestigt sind. Diese Gebilde habe ich vor ein paar Wochen vom Auto aus bereits bemerkt und mich gewundert.

„Wofür haben Sie diese merkwürdigen Stangen denn hier eingeflanzt?“ will ich also von Graukittel wissen.

Der schweigt.

„Auf dem Dach der alten Scheune habe ich auch so eine Plattform gesehen“, gebe ich mich unbeeindruckt von seiner Schweigsamkeit.

Er antwortet immer noch nicht. Geht einfach weiter, direkt auf eine der Stangen zu. Eine Leiter steht in einem relativ großen Winkel schräg daran angelehnt. Ich schaue nach oben. Die Leiter ist aus leichtem Alu, und ihr Ende ragt ein kleines Stück über den Weidenkorb hinaus. Drei Meter sind jetzt nicht gerade schwindelerregend, aber ich bin trotzdem beeindruckt, als Graukittel Anstalten macht, die Sprossen zu erklimmen.

„Sind sie dafür nicht schon ein bisschen zu alt?“ frage ich nun etwas dreist. Im selben Moment presse ich die Lippen zusammen. Das war doch vielleicht etwas zu unhöflich. Wie kann man es wagen, einem Hundertjährigen zu sagen, er sei zu alt? Und ich ergänze schnell: „Ich denke nur, dass das schon eine ganz schöne Höhe ist, oder?“

„Und du glaubst, dass ich zu alt bin dafür?“

Ich nicke nur stumm. Etwas schuldbewusst bin ich ja. Ihm eine gewisse Unfähigkeit wegen seines Alters zu unterstellen, ist nicht die feine Art.

„Nun, hast du eine bessere Idee?“ fragt Graukittel nachsichtig, anstatt sich zu empören. „Willst *du* vielleicht da hinauf klettern?“ Er schaut mich schräg von der Seite an. Ich blinzele noch schräger zurück.

„Ehrlich gesagt, finde ich es auch für mich ein bisschen zu hoch.“

Mir wird bewusst, dass mir schon beim Hochschauen leicht schwindelig wird. Ich kann eine gewisse Höhenangst nicht von der Hand weisen. Deshalb habe ich auch als kleiner Junge nie ein Hochbett gehabt.

„Du könntest es wenigstens versuchen“, wirft der Alte ein. „Bevor du große Töne spuckst, probiere es aus. Dann kannst du auch mitreden.“

Ich fühle ich bei meiner Ehre gepackt und gehe – ein bisschen wie ferngesteuert – auf den Pfahl zu. Dann zögere ich noch einmal und schaue respektvoll nach oben, hinauf zum Ende der Leiter, hinauf zu der riesigen Plattform, hinauf in den Himmel, der mit schweren hell- und dunkelgrauen Wolken bedeckt ist und seine Last auf diesen Pfählen ablegt.

„Hab' ich's mir doch gedacht“, höre ich den Alten gackern. „Keine Eier in der Hose. Und dabei ist das hier doch gar keine Höhe! Keine drei Meter! In deinem Alter habe ich schon ganz andere Hindernisse überwunden.“

Das muss ich mir nicht sagen lassen! Und schon bin ich die ersten drei oder vier Stufen hinauf geklettert. Als ich nach unten schaue, wird mir mulmig.

„Na? Fünfzig Zentimeter sind schon ganz schön gewaltig, oder?“ lacht Graukittel. „Komm lieber wieder herunter, bevor du dir in die Hosen machst.“

Um seine Worte zu unterstreichen, rüttelt er ein wenig an der Leiter.

Ich klammere mich in Todesangst an die Sprossen. Gleich wird dieses verdammte Ding einfach umfallen und mich mitreißen.

Da hört er auf zu rütteln, und seine Stimme klingt wieder ganz ernst, als er sagt: „Heh, Junge, du musst mir nichts beweisen. Höchstens dir selbst. Nämlich, dass du kein Angsthase bist und ein wenig Vertrauen in deine Fähigkeiten hast. Also? Was ist nun? Kommst du wieder runter? Oder meinst du, du könntest deine Panik überwinden und einen Blick in den Horst werfen, ob der gereinigt werden muss?"

Aha, ein Horst also, denke ich und überlege, welcher Vogel wohl in einem so gewaltigen Nest brüten mag. Doch wohl kein Adler?

„Ich versuche es!", brülle ich aus meiner erhöhten Position von respektablen 50 Zentimetern über dem Meeresspiegel nach unten. „Aber nicht wieder wackeln!"

„Okay! Dann mal los! Und nicht nach unten schauen, hörst du?"

„Nein. Nicht nach unten schauen."

Ich konzentriere mich auf die Sprossen. Strecke eine Hand aus, greife die nächste Stufe. Sie fühlt sich eisig kalt an. Verdammt! Hätte ich doch wenigstens meine Handschuhe mitgenommen. Ich ziehe einen Fuß nach, taste nach der Stufe, strecke das Bein, erklimme die nächste Sprosse. Immer einen Fuß über den anderen, schiebe ich mich weiter hinauf. Immer eine Hand nach der anderen, über den Kopf hinweg und dann in den Himmel. Der Korb, auf der Plattform über mir, kommt immer näher. Schon kann ich ihn mit den Fingern berühren. Ich taste vorsichtig über die trockenen Zweige, die unordentlich übereinander gestapelt sind. Dann schiebe ich mich noch einmal ein paar Zentimeter höher und kann einen Blick in das Innere des Nestes werfen.

„Was siehst du?“ brüllt Graukittel hinauf. „Muss es ausgebessert werden?“

Ich schaue mich um. Das Nest hat wohl einen Durchmesser von gut zwei Metern. Ich könnte darin bequem übernachten. Der Boden ist mit Stroh ausgepolstert, in dem sich einige schmutzige Daunenfedern verfangen haben. Einige Plastikfetzen sind in die Ritzen der Seitenwände gestopft worden, als hätte jemand versucht, die Löcher abzudichten. Dann bemerke ich ein langes Stück Draht, das spitz und lang aus dem Stroh ragt. Ich berichte dem Alten genau, was ich sehe.

„Okay, Junge“, ruft er. „Der Draht und das Plastikzeug müssen da raus! Der Draht ist gefährlich wie ein Dolch, und die Folie verhindert irgendwann, dass das Wasser vernünftig aus dem Nest ablaufen kann. Und da Störche keine Kiemen haben, können sie ihre Jungen auch nicht in einem Aquarium großziehen.“

Ich registriere ganz nebenbei, dass nun auch meine Frage nach den potentiellen Bewohnern beantwortet ist. Also packe ich zunächst den Draht und ziehe vorsichtig daran. Zum Glück gibt er sofort nach und lässt sich ganz einfach aus dem Boden ziehen. Um an die Folienfetzen zu gelangen, muss ich mich schon ein wenig strecken, aber es gelingt mir tatsächlich ganz gut. Nach ungefähr zehn Minuten sieht der Horst wieder bewohnbar aus. Ich habe die Gegenstände einfach nach unten fallen lassen. Den Rest müssen aber die Untermieter machen, bevor sie hier einziehen, beschließe ich. Dann mache ich mich endlich an den Abstieg. Genauso langsam und vorsichtig, wie ich hinaufgestiegen bin. Eine Stufe nach der anderen. Als meine Füße, nach einer gefühlten Ewigkeit, endlich wieder festen Boden berühren, bin ich richtig erleichtert. Aber auch ein wenig stolz, dass ich die Aufgabe gemeistert habe.

Rüdiger scheint sich auch zu freuen, dass ich heil wieder unten angekommen bin. Er springt fröhlich an meinen Beinen hoch und schleckt mir dabei zur Begrüßung die Hände ab, als hätten wir uns wochenlang nicht gesehen.

„Das war doch schon sehr gut“, meldet sich nun Graukittel wieder zu Wort. „Ich wette, dein Adrenalinspiegel ist so hoch, als wärst du aus dreitausend Metern aus dem Flugzeug gesprungen.“

Er grinst mich an und kneift dabei seine Augen zu kleinen Halbmonden zusammen. Das macht aus seinem faltigen Gesicht einen knautschigen Emoji, und ich muss bei diesem Vergleich ebenfalls grinsen.

Wir sammeln dann den Müll aus dem Horst zusammen und stopfen ihn in den bereitgestellten Eimer.

„Dann kannst du ja gleich das nächste Nest in Angriff nehmen“, sagt Graukittel, als wir alles verstaut haben.

„Bis zum Dunkelwerden haben wir noch eine gute Stunde Zeit. Wenn du weiter so schnell wie ein Affe die Leiter rauf und runter kletterst, schaffen wir alle fünf Horste noch heute.“

Ich glaube, mich verhört zu haben. Das ist doch wohl nicht sein Ernst? Ich bin doch nicht hierher gekommen, um seine Arbeit zu machen. Nein, so haben wir nicht gewettet. Andererseits möchte ich es auch nicht verantworten, dass der alte Kerl sich den Hals bricht, nur weil ich mit einer guten Tat pro Tag durchaus zufrieden bin.

Wir stehen uns für einen kurzen Moment Auge in Auge gegenüber und jeder versucht, die Gedanken des anderen zu erraten. Dabei scheint es mir, als könne er mein schlechtes Gewissen förmlich riechen. Er mustert mich gefühlte zwanzig Minuten lang und blinzelt dabei nicht ein einziges Mal.

Dann sagt er: „Du machst das wirklich sehr gut, Junge. Du bist vorsichtig und trotzdem schnell.“ Er macht eine kurze Pause, bevor er mit einem leisen Seufzer fortfährt: „Und wenn du behauptest, ich sei zu alt für diese Aufgabe, dann stimmt das zwar nicht, denn ich bin gerade mal 70 Jahre alt. Aber mein kaputtes Bein ist derweil schon ziemlich hinderlich.“

Er grinst wieder so schräg und entblößt dabei zwei Reihen schiefer aber durchaus gesunder Zähne, und seine hellen Augen strahlen mich an. Dann streckt er mir plötzlich die rechte Hand entgegen und fragt: „Willst du mir deinen Namen verraten? Nur damit ich weiß, wen ich benachrichtigen muss, wenn du mir von der Leiter fällst.“

Ich zögere einen kurzen Moment. Versuche, in seinem Blick zu lesen, ob er es gut mit mir meint. Oder ob er meine Hilfe nur ausnutzen wird. Ich werfe einen Blick auf Rüdiger, der ganz still zu unseren Füßen sitzt und die Szene aufmerksam verfolgt, als wäre dies ein Tennismatch. Dann kläfft mein Hund. Nur ein einziges Mal, aber sehr eindringlich. Und ich verstehe.

„Ich bin Jan", sage ich und greife nach Graukittels Hand. „Jan Fischer. Meine Familie und ich sind erst vor einigen Wochen hierher gezogen." Und mit einem Blick auf Rüdi fahre ich fort: „Und Rüdiger kennen Sie ja schon. Der ist das jüngste Familienmitglied der Fischers."

So stehen wir da, schütteln uns die Hände und dann stellt Graukittel sich vor.

„Ich bin Hinrich. Hinrich Weber der Letzte. Außer mir und den Störchen gibt es kein intelligentes Leben auf diesem Hof." Er macht erneut eine dieser besonderen Pausen und schaut mich noch einmal durchdringend an. Dann hellt sich seine Miene noch ein wenig mehr auf, als wäre ihm etwas Wichtiges eingefallen.

„Du bist doch Jan, der aus der Scheune kam, nicht wahr?" fragt er und zeigt mit dem Finger auf meine Nase.

Ich fühle mich ertappt. Er konnte sich also tatsächlich daran erinnern, dass ich ihn an diesem verhängnisvollen Nachmittag im Januar vor lauter Panik unsanft beiseite geschubst habe. Ich muss gestehen, dass ich schon sehr erleichtert bin, dass er sich nichts getan hat. Ich hätte mir ewig Vorwürfe gemacht.

„Ja“, gebe ich zu. „Das tut mir auch wirklich leid, dass ich Sie einfach so über den Haufen gerannt habe. Aber ich dachte damals, Sie wollten mir etwas antun. Sie hatten ja dieses Beil und … !“

„Du kannst ruhig *Du* sagen, Jan“, unterbricht er mich. „Schließlich haben wir ja ab sofort ein gemeinsames Projekt, nicht wahr?“ Und dann lacht er laut auf, als er anscheinend begreift, was ich da gerade gesagt habe. „Mit dem Beil? Das ist nicht dein Ernst, oder? Aber ich würde doch nicht einmal einer Fliege etwas antun. Ehrlich gesagt, war es sogar umgekehrt. Ich habe mich ziemlich gegruselt, als ich den Lärm aus der Scheune gehört habe.“

Jetzt müssen wir beide lachen. Die Vorstellung ist wirklich etwas grotesk, dass wir uns gegenseitig den Schreck unseres Lebens eingejagt haben.

„Okay“, unterbricht Hinrich nun die ausgelassene Stimmung. „Lass uns weitermachen, Jan. Dann schaffen wir es vielleicht, wenigstens ein paar Nester sauber zu machen.“

„Das sind also Storchennester?“ frage ich nun. „Die sind ja wirklich riesig. Aber warum so viele?“

Damit ernte ich einen leicht verwunderten Blick von Hinrich. Daher erklärt er mir nun: „Zusammen mit dem Nest auf der alten Scheune und zwei weiteren im ehemaligen Gemüsegarten haben wir hier acht Horste. Das sind eigentlich gar nicht so viele. Es gibt Gemeinden, dort stehen sogar 20 oder dreißig Horste. Es ist schon eine Menge Arbeit, die alle in Stand zu halten. Aber wenn ich das nicht machen würde, wäre bald kein einziges Paar mehr bereit, hier in Bokel zu nisten. Und das wäre furchtbar."

Und dann erklärt mir Hinrich, wie bedroht diese Vögel seit langer Zeit sind. Ich bin direkt neugierig geworden und lasse mich ein wenig von seiner Begeisterung anstecken.

„Wann werden sie kommen?" will ich dann wissen.

Wir gehen ein Stück weiter über die Wiese zum nächsten Pfahl. Hinrich hat sich das obere Ende der Leiter gegriffen während ich mit der rechten Hand fest die drittletzte Stufe umklammere und hinter ihm herlaufe.

„Nun, da wir in diesem Jahr zum wiederholten Mal einen besonders milden Winter hatten, würde ich vermuten, dass wir mit ihrer Ankunft bereits ab nächster oder übernächster Woche rechnen können."

„Überwintern sie denn in Afrika? Das ist ein ganz schön weiter Weg."

„Ja, das stimmt. Aber den fliegen sie in Etappen. Und die meiste Zeit über Land. Dort können sie die warmen Aufwinde nutzen und müssen nicht die ganze Zeit mit den Flügeln rudern. Das spart Kraft und daher können sie meistens mehrere hundert Kilometer am Tag zurücklegen. Unsere Störche aus Schleswig-Holstein nehmen übrigens die östliche Route. Das bedeutet, sie fliegen über die Türkei und dann über Israel bis ins südliche Afrika. Manch einer von ihnen macht aber auch bereits in der Türkei oder in Bulgarien eine längere Rast oder überwintert dort, wenn es genügend Nahrung gibt."

Er macht eine kurze Pause, weil wir mittlerweile den nächsten Pfahl erreicht haben und die Leiter aufstellen müssen. Ich bin sehr froh, dass die Pfähle nicht noch höher sind. Ich schaue skeptisch nach oben.

Hinrich lacht: „Wie gut, dass die Störche keine Höhenangst haben. Denen sind diese Drei-Meter-Pfähle eigentlich noch viel zu niedrig."

Ich schaue ihn fragend an. Als er meinen Blick bemerkt, erklärt er: „Sie brauchen einen guten Überblick über die Landschaft und viel Platz zum Landen. Leider habe ich all die Jahre nicht viel Hilfe von meinen Mitmenschen erhalten. Ich musste also die Nisthilfen so aufstellen, dass ich die Pflege allein schaffen konnte. Einen sieben Meter hohen Mast zu besteigen grenzt tatsächlich schon an Akrobatik und ist außerdem nahezu lebensmüde."

Lebensmüde ist das, was ich hier jetzt mache aber auch, nicht wahr? Dennoch fasse ich mir ein Herz und erklimme die Leiter erneut, nachdem Hinrich sie fest in den weichen Boden gerammt hat und mit beiden Händen dafür sorgt, dass sie nicht wackelt. Ich habe das Gefühl, dass wir bereits ein eingespieltes Team sind und spüre, wie ein warmes Gefühl durch meinen Körper strömt. Ich sammle schmutziges Stroh, Plastikfetzen oder sogar meterlange Bindfäden aus Kunststoff und werfe alles hinunter zu Hinrich. Rüdiger macht diese Aktion auch sichtlich Spaß, weil er anscheinend glaubt, dass ich ihm die Dinge zum Spielen zuwerfe und er sie noch weiter zerkleinern soll.

Plötzlich fängt er an zu winseln und zu fiepen. Und als ich nach unten schaue, sehe ich meinen Hund, wie er sich selbst mit dem dünnen Band, mit dem er eben noch wie mit einer gefährlichen Schlange gekämpft hat, fast komplett zu einem Paket verschnürt hat. Die Vorderpfoten, die Schnauze und der Hals sind mehrmals umwickelt und je mehr er zappelt und sich wehrt, desto fester verheddert er sich. Die Panik hat ihn ergriffen und seine Bewegungen werden immer hektischer und ich fürchte, er bekommt kaum noch Luft und der Faden schneidet sich durch sein dünnes Fell. Ohne zu überlegen rutsche ich die Leiter hinunter. Die letzten vier Stufen überspringe ich dann einfach und lande auf allen Vieren im Gras. Hinrich hat sich schon über den Hund gebeugt, der immer noch winselnd um jeden Atemzug kämpft. Er hat ein Taschenmesser aus seiner Kitteltasche gefischt und durchtrennt bereits die ersten Fäden, die dem Kleinen den Hals und die Nase zuschnüren. Zum Glück ist das helle Band sehr gut in Rüdigers schwarzem Fell zu erkennen. Ich knie mich neben den japsenden Welpen, um ihn zu beruhigen, damit er endlich aufhört zu zappeln und alles nicht noch schlimmer macht. Aber er strampelt weiter wie ein Marienkäfer, der auf dem Rücken liegt.

„Gaaaaaanz ruhig“, sagt Hinrich dann plötzlich und seine Stimme ist sehr leise. Fast ist es nur ein Flüstern. „Lass mich dir helfen, mein Kleiner. Gleich haben wir es geschafft.“

Ich hocke still da und lege meine Hände auf Rüdigers bebenden Körper. Erst hört er auf zu kämpfen. Dann wird sein Atem ruhiger. Nur sein Blick mit den weit aufgerissenen Augen verrät, dass er immer noch panische Angst hat. Hinrich schneidet die letzten Schnüre ganz behutsam durch, um Rüdi nicht zu verletzen. Seine knorrigen Finger bewegen sich flink und sicher durch das weiche Fell und finden jeden Faden.

„Du bist ein ganz tapferer kleiner Kerl, Rüdiger“, lobt er ihn. „So. Das war es schon. Jetzt bist du wieder frei.“

Rüdiger hebt vorsichtig den Kopf und blickt etwas irritiert und leicht benommen zu seinem Hinterteil, als könne er es noch gar nicht glauben, dass die Prozedur tatsächlich ein Ende hat und er noch am Leben ist. Seine kleine Rute bewegt sich langsam auf und ab. Erst jetzt scheint er zu begreifen, dass der Schrecken wahrhaftig vorbei ist. Er rappelt sich auf und dann schüttelt er sich ausgiebig, als wolle er nicht nur die letzten Schnüre sondern auch die letzten Krümel Todesangst loswerden.

Ich beobachte meinen Hund und spüre erst jetzt, dass mein Herz wie wild in meiner Brust klopft. Auch mich hat eine Panikwelle ergriffen, die nun so ganz allmählich abebbt. Meine Hände zittern und ich spüre den harten Kloß in meinem Hals. Ich schlucke. Der Kloß sitzt fest. Ich schlucke noch einmal. Dann wird mir übel und ich bemerke, dass sich alles um mich herum zu drehen beginnt. Bevor ich verstehe, was passiert, bin ich aufgesprungen und wanke drei Schritte nach rechts. Dann muss ich stehen bleiben, weil mein Innerstes nach außen drängt. So stehe ich, die Hände auf die Oberschenkel gestemmt, den Oberkörper weit nach vorne gebeugt, und muss mich zwei- oder dreimal übergeben.

Hinrich hat sich leise neben mich gestellt und ich spüre seine Hände an meinen Schultern, um mich zu stützen.

„Geht's wieder?“, fragt er mit einem sanften, väterlichen Ton in der Stimme.

Ich nicke nur.

„Es tut mir leid, Jan“, sagt er dann. „Aber die traurige Wahrheit ist, dass jedes Jahr auch immer wieder Jungstörche sich in solchen Platikschnüren verheddern und strangulieren. Von irgendwelchen Bauern achtlos liegengelassen kosten sie jährlich einige Leben. Jetzt hätte es beinahe deinen Rüdiger erwischt.“ Er stampft mit dem Fuß auf. „Dummheit, Faulheit, Profitgier und Ignoranz sind menschliche Eigenschaften, die mir zutiefst zuwider sind.“

Ich kann ihn durchaus verstehen. Auch ich kann beim besten Willen nicht nachvollziehen, wie Menschen ihren Müll einfach in die Natur kippen. Wie im tiefsten Mittelalter, als der stinkende Dreck einfach aus dem Fenster in die Gosse entsorgt wurde. Haben die keine Mülleimer? Kein Gewissen? Keinen Anstand? Keinen *Ver-Stand*?

Dies ist der Moment, in dem ich mich entscheide, mit Hinrich einen Pakt zu schließen. Gemeinsam gegen die Missachtung des Lebens auf dieser Erde. Gegen Gedankenlosigkeit und Egoismus. Und gegen brutale Mitmenschen.

Die Übelkeit und der Schwindel sind wie weggepustet. Ich reiche Hinrich abermals die Hand und sage in einem feierlichen Ton: „Ich werde dir helfen, die Störche zu retten, Hinrich."

Dann werfe ich einen Blick auf Rüdiger, der sich mal wieder mit einem lauten „Wöff!" zu Wort gemeldet hat und ergänze: „Und Rüdiger natürlich auch."

Hinrich ergreift meine Hand und drückt sie kräftig. Sein Gesicht ist ganz ernst. Ich glaube, in seinen grauen Augen schimmern ein oder zwei Tränen.

Deshalb frage ich schnell: „Abgemacht?"

„Abgemacht."

Und er zerdrückt die Tränen zwischen seinen halbmondförmigen Lidern.

Wir sind jetzt ein Team und haben eine Mission. Das ist ein gutes Gefühl. Und wir haben unser erstes gemeinsames Abenteuer erlebt – und überlebt!

Als Rüdiger und ich später in unserer Hütte auf dem alten Sofa sitzen, hole ich mein Logbuch hervor und schreibe im flackernden Licht einer kleinen Petroleumlampe die Erlebnisse des Nachmittags in allen Einzelheiten auf. Erst, als Mom uns zum Abendessen ruft, tauche ich aus meinen Gedanken wieder auf. Rüdiger schläft tief und fest. Ab und zu fiept er leise und strampelt ein bisschen hilflos mit den Pfoten. So, als würde er im Traum noch einmal versuchen, sich aus seiner gefährlichen Situation zu befreien. Ich muss lächeln und streichle dem schwarzen Fellknäuel vorsichtig über den Kopf.

„Alles ist gut", flüstere ich.

Dann wecke ich Rüdiger auf. Und als wir ins Haus gehen, bemerke ich, dass ich einen Bärenhunger habe. Das eigenartige Kribbeln in meinem Nacken, das mich ganz plötzlich auf dem dunklen Weg zum Haus überkommt, versuche ich angestrengt zu ignorieren. Hinter mir knackt es leise in der Hecke. Ein Blick auf meinen Hund verrät mir, dass auch Rüdiger etwas gehört haben muss. Er bleibt kurz stehen und lauscht.

„Los! Komm, Rüdi! Ich habe Hunger!“, rufe ich und meine Stimme klingt eine winzige Spur zu laut.

Wir beschleunigen unseren Schritt und erst, als die Terrassentür hinter uns ins Schloss fällt und die tiefe Dunkelheit des Gartens aussperrt, fühle ich mich etwas sicherer.

Doch ich kann ganz deutlich spüren, dass da draußen etwas lauert und nur darauf wartet, mich in seine Klauen zu bekommen.

5. Kapitel

Von Traum und Trauma

Rüdiger und ich sind nun fast täglich bei Hinrich. Wir haben mittlerweile alle Nester gereinigt und ausgebessert. Aus einem der Horste wuchs sogar schon eine kleine Birke, weil aus den verrotteten Zweigen und Blättern, die die Storcheneltern zum Auspolstern heran geschleppt haben, bereits richtiger Mutterboden geworden war. Hinrich meint, dass die Störche sich wahrscheinlich bei uns Menschen bereits abgeschaut haben, wie wir unsere Vorgärten anlegen. Ich hatte Mühe, das Bäumchen mitsamt der Wurzel auszureißen, ohne dabei von der Leiter zu stürzen und musste schon richtig mit den Händen in der Erde wühlen.

Rüdiger hat sich von seinem Schrecken nach dem Kampf mit der Kunststoff-Würgeschlange derweil erholt, aber er macht nun einen großen Bogen um all das Plastikzeug, welches wir immer wieder aus den Nestern entfernen. Er kämpft nun lieber mit einigen Zweigen oder dicken Ästen, die er drohend ankläfft, um sie anschließend - wie eine fette Beute - quer über die Wiese zu schleppen.

Ich habe meinen Eltern von Hinrich erzählt und dass ich ihm helfen möchte, die Störche zu retten. Sie sind begeistert, dass ich mich so engagiere. Aber von meinen Kletteraktionen erwähne ich lieber nichts. Dann machen sie sich nur unnötig Sorgen. Eltern müssen ja nicht immer alles wissen.

Wenn wir jetzt zu Hinrich gehen, haben wir meist eine Menge zu schleppen. Mom packt uns jedes Mal einen Picknickkorb, damit wir „nicht vom Fleisch fallen", wie sie sagt. Es gibt belegte Brote, manchmal ein Stück Apfelkuchen, für Hinrich eine kleine Thermoskanne mit Kaffee und für mich heißen Früchtetee mit Honig. Genau das Richtige, bei diesem Wetter. Rüdiger freut sich über ein paar Leckerlis. Dafür macht er dann auch brav seine Kunststücke. Er ist immer ganz aus dem Häuschen, wenn er etwas Neues gelernt hat und mit einer Nascherei und ganz vielen Streicheleinheiten belohnt wird.

Unser neuestes Teammitglied ist übrigens Muffin. Dieser Biologie-Freak hat sich bereits eine Menge Wissen über Störche und ihr Brutverhalten angeeignet und hält uns nun jedes Mal einen wissenschaftlichen Vortrag, den er selbstverständlich akribisch ausgearbeitet hat. Sogar Hinrich ist erstaunt darüber, was er noch alles lernen kann über „seine" Vögel.

„Wusstet ihr eigentlich …?", beginnt er seine Lektionen immer. Und wir stellen uns dann auf eine dreiviertel Stunde Lehrstoff ein.

Es macht aber auch Spaß, ihm zuzuhören. Wenn er erzählt, dann ist das für seinen gesamten Körper Schwerstarbeit. Er rudert meistens mit den Armen, läuft ganz oft drei Schritte vor, um sich dann mit einem Satz umzudrehen, dass sein blonder Pferdeschwanz ihm nur so um die Ohren fliegt, und – während er etwas unbeholfen rückwärts über Grasbüschel stolpert – uns in die Augen zu schauen. Anscheinend will er detailliert festhalten, wie überrascht wir jedes Mal aussehen.

„Wusstet ihr, dass Störche sich gar nicht ein Leben lang treu sind?"

Hinrich und ich wechseln äußerst vielsagende und ebenso ungläubige Blicke. Nein, das wussten wir tatsächlich nicht. Hinrich hat mir irgendwann einmal erzählt, dass es in der Tierwelt nur ganz wenige Spezies gibt, die in einer sogenannten monogamen Beziehung leben. Und Störche, so hat er mit einem gewissen Stolz in der Stimme berichtet, gehörten dazu.

Wir sind gerade dabei, die beiden Nester im Gemüsegarten auszubessern. Diese beiden Nisthilfen befinden sich nur etwa einen Meter über dem Boden auf den Stümpfen alter, abgesägter Obstbäume und sind deshalb diejenigen, die sich am bequemsten bearbeiten lassen. Muffin und ich verteilen gerade eine Ladung frischen Strohs in einem der Weidenkörbe.

„Das Männchen ist lediglich seinem alten Standort treu", erklärt Muffin uns nun. Sein Blick wird sehr ernst und hinter den Gläsern seiner Nickelbrille weiten sich die kristallblauen Augen und geben seinem Gesicht einen dramatischen Ausdruck. Die Dramatik wird unterstrichen von einer zusätzlichen

Pause, in der er kurz aber tief Luft holt und dann fortfährt: „Er ist meist der erste, der aus dem Süden zurück in die Heimat kommt und möglichst seinen Horst vom Vorjahr wieder besetzt. Die Mädels kommen etwas später. Und diejenige, die zuerst bei ihm landet, ist in der Regel die Braut seiner Wahl."

Hinrich ist sichtlich entrüstet. Er schüttelt heftig den Kopf und empört sich: „Wie kannst du so etwas behaupten? Ich beobachte meine Störche schon über Jahrzehnte. Und ich bin mir ziemlich sicher, dass nur der Tod ein Paar trennen kann!"

Er wirft uns noch einige Strohbüschel zu und greift sich dann an den Schirm seiner alten Mütze, um sie mit einem Ruck noch etwas tiefer in die Stirn zu ziehen.

„Hinrich", sagt Muffin nun sanft aber belehrend und duldet dabei anscheinend keinen Einwand. „Wenn du deinen Störchen mal auf die Beine geschaut und dabei die Ringnummern abgelesen hättest, wäre dir wahrscheinlich aufgefallen, dass deine Mitbewohner hin und wieder mal fremdgehen und sich sogar scheiden lassen. Zugegeben: Meistens erst, wenn die Kinder aus dem Haus sind. Aber in dieser Hinsicht unterscheiden sie sich keinesfalls von uns Menschen."

Ich muss dazu sagen, dass Muffin ein Scheidungskind ist, und beinahe jede Möglichkeit nutzt, seinen Mitmenschen dies unter die Nase zu reiben. Soweit ich es beurteilen kann, leidet er heute noch unter der Trennung seiner Eltern, die wohl nicht so ganz lautlos über die Bühne gegangen ist. Sein Vater ist schließlich ausgezogen als Muffin ungefähr neun Jahre alt war.

Und da er mit der neuen Freundin seines Vaters nicht so gut klar kommt, sehen sich die beiden nur noch selten. Seine Mutter scheint ihm die Situation auch nicht einfacher zu machen, sondern gießt immer wieder Öl ins Feuer. Muffin hat mir erzählt, dass sie bisher kein einziges gutes Haar an seinem Vater gelassen hat. Nun wartet er sehnsüchtig darauf, endlich flügge zu werden – wie ein Storchenkind - um in den sonnigen Süden ziehen zu können, und sich von seinen Eltern und ihren Beziehungsspielchen unabhängig zu machen.

Jetzt schaut er von seinem leicht erhöhten Standort mit einem verständnisvollen Blick auf Hinrich hinunter.

„Glaub mir, Hinrich", sagt er dann mit einem weichen Unterton in der Stimme. „Ich finde das genauso empörend wie du. Aber das ist nun einmal die Natur. Es geht hier nicht darum, einem menschlichen Ideal zu entsprechen oder um die Befindlichkeit eines Einzelnen, sondern einzig und allein um das Überleben der Art. Fortpflanzung, Hormone, Instinkte sind hier die Triebfedern."

„Du bist ein ziemlich altkluges Bürschchen, nicht wahr?" wendet Hinrich nun ein. „Und ganz bestimmt wirst du später studieren und Biologe oder Paartherapeut werden. Und dann erkläre mir mal, wie ich die Ringnummern – sofern die Vögel überhaupt einen Ring tragen – ablesen soll! So gut funktionieren meine Augen nicht."

Doch auch hier hat Muffin selbstverständlich die Antwort parat: „Mit einem Fernglas oder besser sogar mit einem Teleskop, Hinrich."

Mit soviel Belehrung ist unser Freund nun gänzlich überfordert. Mit einem wütenden Schnauben dreht er sich um und will zum Haus zurück stapfen. Damit ist die Lehrstunde wohl einstweilen für ihn beendet. Doch Muffin beeindruckt das nicht im mindesten. Ganz im Gegenteil: Es stachelt ihn zu weiteren, nun aber eher philosophischen Themen an.

„Sag mal Hinrich: Was willst du eigentlich mal werden, wenn du groß bist?" ruft er Hinrich nach.

Bei dem Gedanken, dass jemand davon ausgeht, dass ein älterer Mann sein Leben und damit die Wahl seines Berufes oder seiner Berufung noch vor sich hätte, wie ein zwölfjähriger Schüler, muss ich kichern.

Aber Muffin scheint es ernst zu meinen. Seiner Meinung nach

ist es nämlich niemals zu spät, etwas Neues zu starten, dazuzulernen, ein Studium zu beginnen, umzuziehen und komplett von vorne anzufangen.

Jetzt bleibt Hinrich stehen und dreht sich ganz langsam zu uns um. Sein Gesichtsausdruck ist ernst, beinahe melancholisch. Er schiebt mit einer langsamen und intensiven Bewegung seine Schirmmütze wieder in den Nacken. Sein Blick geht in die Ferne. Oder vielleicht sogar nach innen, tief hinein in seine Seele.

Seine Stimme ist ganz weich, als er sagt: „Es gibt tatsächlich etwas, das ich mir mehr als alles andere auf dieser Welt wünsche. Mein Traum ist, dass ich nach meinem Tod als Storch auf diese Erde zurückkomme. Und dann würde ich ganz sicher auch meine Margarete wiederfinden. Ja, Margarete und ich als Storchenpaar. Und ich würde mit ihr all die Kinder großziehen, die uns als Menschenpaar versagt blieben. Und wir würden einander treu sein. So, wie wir uns als Menschenpaar immer treu waren."

Dann schweigt er. Tränen glänzen in seinen Augen. „Der Name Margarete kommt übrigens aus dem Griechischen und bedeutet soviel wie *Perle.*" *S*eine Stimme ist voller Liebe. „Und das war sie für mich: Eine Perle. Rein und schön."

Das klingt, wie ein Text aus einem Märchen der Gebrüder Grimm, denke ich. Ziemlich schmalzig. Unwillkürlich muss ich lächeln. Dieser Moment fühlt sich so zart, so zerbrechlich an. Muffin und ich blicken uns an. Ganz still ist es jetzt. Wir spüren ganz deutlich Hinrichs Liebe und seine Trauer. Aber auch etwas anderes können wir beide in diesem Moment wahrnehmen: Seine Zuversicht, dass dieser Traum eines Tages wahr wird.

Für einen Moment hängt jeder von uns seinen Gedanken nach.

„Glaubt ihr eigentlich an ein Leben nach dem Tod?", frage ich in die Stille hinein. „Vielleicht wird man ja wirklich als ein Tier oder als ein anderer Mensch wiedergeboren. Das würde auch erklären, warum zum Beispiel manche Tiere fast menschlich wirken." Bei diesem Gedanken muss ich erneut grinsen und werfe einen Blick auf Rüdiger, der unter mir auf einem Maulwurfshügel liegt und schläft. Was kümmert ihn denn bloß die Tiefsinnigkeit unserer Unterhaltung? Seine Grundbedürfnisse sind erfüllt. Fressen, schlafen, spielen, wie ein kleines Kind. Also auch sehr menschlich.

„Das ist wissenschaftlich nicht belegt“, wirft Muffin nun ein, „aber vielleicht trotzdem denkbar. Immerhin ist das Gegenteil ja auch nicht bewiesen.“ Er zuckt mit den Schultern und rafft die letzten Blätter und Zweige aus dem Nest zusammen. „Wäre auf jeden Fall ein schöner Gedanke, als sein Lieblingstier zurückzukommen und seine Aufgabe auf der Erde zu erfüllen.“

„Was wärst du dann für ein Tier?“, will ich wissen.

„Wahrscheinlich eine Brillenschlange!“, lautet die prompte Antwort.

Hinrich und ich müssen lachen. Ich bin froh, dass die Traurigkeit ein wenig von meinem Freund abgefallen ist.

Dann erhellt sich Hinrichs Blick plötzlich, als hätte er einen Geistesblitz und er erklärt: „Ganz bestimmt würdest du als weiser Uhu auf die Erde zurückkommen. Du würdest auf einem Baum hocken und deine Lehren in die Welt rufen.“ Er breitet die Arme aus und rudert mit ihnen wild in der Luft wie ein kranker Vogel. Dabei ruft er: „Uhu! Uhuuuuu! Ich weiß alles! Hört mir nur zuuuuuu!“

„Ja, genau“, ergänze ich den Gedanken und verfolge kopfschüttelnd die kindischen Verrenkungen des alten Mannes. „Du würdest Waldseminare abhalten und allen anderen Tieren erklären, wie sie mit dem Klimawandel und dem Waldsterben am besten umgehen können oder mit der Verknappung des Nahrungsangebotes."

Jetzt kichern wir alle drei albern herum und Muffin kommt etwas ins Wanken und rutscht fast von seinem Tritt. Er kann sich gerade noch so fangen und klammert sich im letzten Moment an den Rand des Nestes. Wieder kichern wir, wie die kleinen Kinder.

„Sag mal, Hinrich," wird Muffin nun wieder ganz ernst. „Was ist eigentlich mit deinem Bein passiert? Warum musst du humpeln?"

Hinrich zuckt zusammen. Fast so, als hätte er einen Schlag ins Gesicht bekommen. Als würde er plötzlich an etwas erinnert, das er lieber vergessen würde. Doch er stockt nur einen ganz kurzen Augenblick. Und dann erzählt er uns seine Geschichte, wie er als Jugendlicher bei dem Versuch, ein paar Storchenküken zu retten, vom Scheunendach gestürzt ist. Weil eines der Alttiere ihn angegriffen hat, um seine Jungen zu beschützen. Von seinem zertrümmerten Bein, dem ewig langen Heilungsprozess und seinem unbändigen Willen, das Beste aus seiner Situation zu machen. Wir sind beeindruckt. Obwohl unser Freund solch einen Schicksalsschlag erlitt, hat er weder seine Zuversicht noch seine Liebe zum Leben verloren.

Ein leises Gefühl macht sich in mir bemerkbar. Es zupft ganz zart an meinem Herzen. Warm und hell beginnt es, zu pulsieren. Für einen kurzen Augenblick durchströmt mich ein Schimmer von Zufriedenheit und Glück. Ich ahne, dass Hinrich ein Saatkorn in das Durcheinander meiner kindlichen Seele gelegt hat. Er wird mein Vorbild sein, beschließt nun etwas in mir. Und ich ahne diese Kraft, die sich bereit macht für das große Abenteuer.

Dann werden wir auch schon wieder in die Gegenwart gezogen.

Hinrich hat seinen Monolog beendet und humpelt nun vor uns her zum Haus. Kurz bevor er die Ecke des Hauses erreicht, bleibt er plötzlich abrupt stehen.

„Hallo Nachbar", hören wir eine laute, unbekannte Stimme von jenseits des Gartens.

Ich zucke zusammen. Alles, was ich erraten kann, ist, dass es sich um einen Mann in Hinrichs Alter handeln muss. Der Fremde bleibt für uns unsichtbar hinter der Ecke der Scheune verborgen.

„Wer ist das denn?", spricht Muffin meine Gedanken aus und schaut angestrengt in Hinrichs Richtung.

Hinrich schweigt. Er steht einfach nur stocksteif da. Abwartend. Abwehrend.

„Ich habe hier etwas für dich, mein Lieber." Die Stimme klingt unbeeindruckt und immer noch sehr laut. Ganz offensichtlich ist es dem Fremden egal, ob er Hinrich willkommen ist oder nicht und ob dieser ihm dicht gegenüber steht oder dreihundert Meter entfernt.

Hinrich schweigt immer noch.

„Es ist die Benachrichtigung, dass dein Pachtvertrag nächstes Jahr ausläuft und nicht mehr verlängert wird. Ich brauche das Grundstück für ein Bauvorhaben. Die Anfrage habe ich beim Bauamt schon gestellt. Demnächst werden vielleicht ein paar Vermesser bei dir erscheinen, um zu berechnen, wie die Grundstücke aufgeteilt werden können. Du hast doch sicher kein Problem damit, oder, alter Freund?"

„Ich bin nicht mehr dein Freund!", bricht Hinrich nun endlich sein Schweigen. Er spuckt verächtlich auf den Boden. „Hier soll sich bloß keiner hertrauen von deinen Bauamtsfuzzies! Noch ist dies hier MEIN Land!"

„Nichts ist DEIN, lieber Hinke-Hinrich! Gar nichts! Du lebst auf meinem Grund und Boden. Und das auch nur, weil ich so gnädig war, dir die paar Hektar nach dem Tod meines Vaters weiterhin zu verpachten. Alles nur aus Mitleid. Aber du musst dich jetzt nicht mehr bedanken. Das habe ich doch gerne gemacht."

Muffin und ich trauen unseren Ohren nicht. Rüdiger anscheinend auch nicht. Er ist wach geworden und trabt nun auf Hinrich zu, um zu klären, wer da so unverschämt laut brüllt. Als er seinen Kumpel erreicht hat, sträubt sich plötzlich sein Nackenfell und er beginnt drohend zu knurren. Jeder Muskel in seinem Körper ist angespannt, als wolle er den Feind gleich anspringen und ihn überwältigen. Der Fremde ist ihm also genauso unsympathisch, wie Hinrich und uns. Obwohl der Hund die schwerwiegenden Worte wohl kaum verstanden haben dürfte.

Hinrich blickt zu Rüdiger hinunter und sagt sanft: „Aus, Rüdiger! Und Sitz! Sei ein wenig nachsichtig mit dem Mann. Er kann nichts dafür, dass sein Verstand nicht so gut funktioniert. Als Kind ist er vom Heuboden gestürzt und direkt auf den Kopf gefallen."

„Das stimmt nicht ganz!", protestiert die Stimme. „Du hast mich gestoßen!"

„Lass dir nichts einreden Rüdiger. Der Kerl ist einfach nur zu ungelenk, um selbst mit zwei gesunden Beinen auf Heuböden zu klettern. Und weil er vor lauter Angst gar nicht aufhören konnte zu zittern und ihm die Knie ganz puddingweich waren, ist er von der Leiter geplumpst, wie ein nasser Mehlsack.“

Rüdi scheint zu verstehen, dass von dem Fremden aufgrund einer gering ausgebildeten Motorik keine Gefahr zu befürchten ist. Er befolgt nun brav den Befehl und setzt sich neben Hinrich auf die Hinterpfoten, behält aber den Fremden fest im Blick.

„Goldiger Kerl“, stellt der Unsichtbare fest. „Muss ich jetzt Angst haben?“

„Das solltest du, Walter. Das solltest du durchaus. Dieser treue Kerl hier ist erst wenige Monate alt und wird noch ziemlich groß werden. Und er hat einen anständigen Charakter und weiß zwischen Gut und Böse zu unterscheiden. Aber das hast du ja schon festgestellt, nicht wahr?“

Eine kurze Pause entsteht. Muffin und ich bewegen uns nicht und halten beide die Luft an. Meine Finger sind in die kalten, feuchten Zweige des Storchennestes gekrallt. Doch ich spüre das gar nicht.

Und dann bricht der Fremde das Schweigen und keift: „Ich lasse mich von dir nicht provozieren, Hinrich. Hier ist das Anschreiben. Ich lege es dir auf die Fußmatte. Einen Briefkasten hast du ja nicht mehr, du armer Kerl.“

Und dann setzt er hinzu: „Ach, noch etwas: Ich würde dir anbieten, in eines meiner Wirtschaftsgebäude auf dem Schütt-Hof zu ziehen.

Quasi als freundschaftliche Geste meinerseits. Damit du für deine letzten Lebensjahre nicht obdachlos bist. Also überlege dir sorgfältig, ob du Ärger machen willst, mein Lieber. Du kannst nur verlieren!“

Dann scheint Walter, der Fremde, sich zum Gehen gewendet zu haben. Hinrich steht da, immer noch wie angewurzelt. Plötzlich hebt er die Faust und schüttelt sie drohend.

„Ich bin NICHT dein Lieber!“ brüllt er Walter hinterher, der sicher längst die Auffahrt erreicht hat und sich nicht mehr angesprochen fühlt.

Rüdiger ist auch aufgesprungen und steht nun bellend und ziemlich aufgeplustert neben seinem Freund, um dem Fremden noch einmal zu zeigen, wer hier der Boss ist.

Muffin und ich sind mit wenigen Schritten bei Hinrich und stellen uns links und rechts neben ihn. Wie Bodyguards. Wir sind für ihn da, egal, was das Problem ist. Denn das Problem haben wir noch nicht so recht verstanden. Irgendwas mit Pachtvertrag und umziehen oder so.

Aber Hinrich scheint unsere Gedanken zu lesen und klärt uns auf: „Wenn es stimmt, was der alte Widerling sagt, muss ich spätestens nächstes Jahr den Hof räumen. Dann ist es vorbei mit unseren Störchen. Wenn er das Land bebauen lässt, würde es – so wie all das Nutz- und Bauland drum herum – trocken gelegt. Das würde bedeuten: der Bach auf der Wiese würde vertieft oder in ein Rohr gepackt, damit er die Wiese nicht mehr überschwemmen könnte. Die Nisthilfen würden abgerissen. Aber das wäre dann sowieso egal, weil es für die Störche dann auch weder Insekten noch Würmer oder Frösche zu jagen gäbe, wenn hier erst alles zugepflastert wäre.“ Die Hoffnungslosigkeit steht ihm tief ins Gesicht geschrieben. „Und wieder würde eines der letzten Refugien für eine bedrohte Tierart zerstört. Mein Traum und mein Leben ebenso. Unwiderruflich vorbei. Alles dahin.“

Er senkt den Kopf und lässt die Schultern fallen. Ich will nicht glauben, dass er jetzt einfach so aufgibt. Muffin ist wohl ganz meiner Meinung.

„Du musst etwas tun, Hinrich!“, fordert mein Freund ihn auf. „Das kannst du nicht einfach so hinnehmen!“

„Muffin hat Recht, Hinrich: Wir müssen etwas tun! Lass uns eine Nacht darüber schlafen. Uns fällt schon etwas ein.“

Doch Hinrich wackelt einfach mit dem Kopf und setzt sich schlurfend in Bewegung. Sein rechtes Bein zieht er, wie immer, hinterher. Aber ich habe das Gefühl, dass es ihm gerade besonders zu schaffen macht. Er humpelt auf die Haustür zu, verharrt einen kurzen Moment, um den hellbraunen Umschlag von der Fußmatte aufzuheben. Dann schüttelt er wieder den Kopf, öffnet die Haustür und verschwindet im dunklen Maul des Eingangs.

Mit einem leisen Seufzer fällt die Tür hinter ihm ins Schloss und sperrt uns von einer Sekunde auf die andere aus seinem Leben aus.

Als Muffin und ich eine halbe Stunde später in der Hütte auf dem Sofa hocken und Schoko-Kekse in uns hineinstopfen, als könnten wir damit auch das Unheil vertilgen, versuchen wir uns ein klares Bild von dem zu machen, was da auf Hinrichs Hof passiert ist. Und das Allerwichtigste ist, dass wir uns etwas überlegen müssen, um zu verhindern, dass Walter, der gesichtslose Wicht, Häuser auf der Storchenwiese bauen lässt. Es muss eine Schwachstelle in Walters Leben geben. Einen dunklen Fleck auf seiner sauberen Weste. Dieser Mann ist nicht ehrlich, nicht echt. Er spielt mit gezinkten Karten. Wir müssen seinen Makel finden und Hinrich helfen, sein Lebenswerk zu vollenden.

Am frühen Abend begleiten Rüdiger und ich Muffin noch ein Stück auf dem Heimweg. Kurz bevor wir an Hinrichs Auffahrt vorbeikommen, bemerken wir einen großen Schatten, der lautlos in einer weiten Schleife über unsere Köpfe gleitet. Wir bleiben abrupt stehen und schauen fasziniert in den Himmel. Ich spüre, wie mein Herz ganz laut an die Brust klopft vor Aufregung. Rüdiger winselt laut und wedelt nervös mit der Rute. Bevor ich es begreife, prescht er schon wieder die lange Auffahrt zu Hinrichs Haus hinauf und bellt und kläfft und jault abwechselnd. Als wäre er tollwütig.

Muffin und ich jagen dem verrückten Tier hinterher und rufen nach Hinrich. Ein ganz besonderer Chor, dreistimmig, sehr laut und etwas schräg. Und ganz sicher über die Landesgrenze hinweg zu hören. Jedem halbwegs normalen Menschen täte es in den Ohren weh. Aber unser Konzert erfüllt seinen Zweck: Hinrich öffnet die Tür und schaut uns fragend an.

„Was ist denn das für eine Aufführung?“

„Hinrich! Schau nach oben! Da! Sie kommen! Sie kommen!“, rufen Muffin und ich durcheinander, während Rüdi unseren Gesang mit Gejaul untermalt.
„Die Störche, Hinrich! Die Störche kommen!“
Der Alte scheint einen kurzen Moment gar nicht zu begreifen, was wir von ihm wollen. Er starrt uns an, fast ein wenig mitleidig. Dann folgt er unserem Blick in den Himmel und plötzlich weiten sich seine Augen und sein Mund verzieht sich zu einem stummen Lachen.
Muffin und ich springen um ihn herum und tanzen und lachen und jubeln. Unsere Arbeit und unsere Geduld haben sich gelohnt. Ab jetzt werden jeden Tag ein paar Störche die Nester begutachten und darüber entscheiden, ob wir unsere Arbeit gut gemacht haben.
Dieser Nachmittag endet mit einem wilden Freudentanz in dessen Verlauf Hinrich einen seiner abgewetzten Hausschuhe verliert; und mit einem übermütigen Fangspiel, weil Rüdiger sich des Hausschuhs bemächtigt hat.
Erst, als es allmählich dunkel wird, verabschieden wir uns von unserem Freund, dem weltbesten Storchenvater. Vor der Auffahrt trennen sich dann auch Muffin und ich und winken uns noch einmal kurz zu.
Das unangenehme Gefühl in der Magengrube, das mich auf dem Heimweg plötzlich überkommt und das mir so bekannt vorkommt, ignoriere ich am besten. Seit Muffin und ich uns getrennt haben, spüre ich, dass irgendwer oder irgendwas mich beobachtet. Unter meiner Haut prickelt es unangenehm. Ich

schaue mich vorsichtig um, ob mir jemand folgt. Automatisch wird mein Schritt schneller. Rüdiger, den ich zwischenzeitlich an die Leine genommen habe, ist etwas verwirrt, dass ich ihn ungeduldig hinter mir herziehe.

„Komm schon, Rüdi. Es ist kalt und dunkel. Wird Zeit, dass wir nach Hause kommen, bevor sich Mom Sorgen macht."

Mein Blick geht noch einmal die Straße hinunter bis zur Einmündung gegenüber des kleinen Lebensmittelladens. Bewegt sich dort nicht etwas? Da war doch ein Schatten, oder nicht? Nein, das habe ich mir wohl eingebildet. Alles ruhig. Rüdiger hat auch nichts bemerkt. Ich zerre den Hund wieder hinter mir her. Gleich sind wir zu Hause.

Als die Haustür hinter uns ins Schloss fällt, will ich gerade erleichtert aufatmen, als mein Blick auf die andere Straßenseite fällt. In dem milchigen Licht der spärlichen Grundstücksbeleuchtung unserer Nachbarn kann ich eine dunkle Gestalt erkennen, die neben der Trauerweide an der Ecke der Einfahrt steht. Groß und schlank - und ohne Gesicht! Ich rufe laut nach meiner Mutter.

„Was ist denn los, Jan?", fragt sie überrascht und eilt zu mir auf die Diele.

„Dort drüben! Der Typ an der Straße. Kennst du den? Der glotzt hier rein!"

Mom stellt sich neben mich und starrt angestrengt durch die Scheibe.

„Ich kann nichts erkennen“, sagt sie dann und schüttelt den Kopf. „Du musst dich verguckt haben. Da ist nichts.“

Ich schaue noch einmal aus dem Fenster. Die Straße ist menschenleer. Nur die kahlen Zweige der Trauerweide biegen sich im leichten Wind auf und ab, wie die Tentakeln einer riesigen Spinne, die nach ihrem Opfer greift.

6. Kapitel

Von Prügeln und Prüfungen

Es ist die erste große Pause heute. Die beiden Deutschstunden verliefen relativ unspektakulär. Frau Doktor hat heute weder mein Logbuch noch Robins Lose-Blatt-Ablage eingesehen. Es gab also keinerlei Stresspotential. In letzter Zeit ist Robin eigentlich sogar ziemlich ruhig, finde ich. Vielleicht liegt es aber auch daran, dass ich mich zurzeit nicht so sehr mit ihm befasse, weil Muffin und ich jede freie Minute bei Hinrich und seinen Störchen verbringen. Oder ist es einfach die Ruhe vor dem Sturm?

Jetzt stehe ich mit Muffin in einer Ecke des Schulhofes und wir überlegen uns gerade, was wir heute Nachmittag bei Hinrich auf dem Hof in Ordnung bringen können. Es gibt noch so viel zu tun. Der Gemüsegarten könnte umgegraben und die vielen Wildkräuter herausgesammelt werden, damit der Boden für die ersten Pflanzungen vorbereitet ist. Die Tage werden nun merklich länger, die Luft ist lau und schmeckt nach Frühling. Im Knick hinter der Mühlenau, am Ende der Storchenwiese, zwitschern und singen die Vögel von Tag zu Tag lauter. Und wir lassen uns einfach von ihrer positiven Einstellung anstecken. Bei diesem Gedanken muss ich lächeln. Papa hat übrigens versprochen, sich demnächst einmal das Dach der alten Scheune anzuschauen. Vielleicht könnte er ein paar Balken und Dachpfannen besorgen, meinte er gestern Abend, als wir uns über den Hof unterhielten. Allerdings macht es wohl kaum noch Sinn, denn die Gebäude werden spätestens im Sommer nächsten Jahres abgerissen, um den neuen Häusern Platz zu machen.

Bokel soll attraktiver werden, argumentiert der alte Schütt. Papa hat von einem Nachbarn erfahren, dass das Bauvorhaben junge Familien aus den Städten in unser Dorf locken soll. Steuereinnahmen, sagt er, sind ein ganz wichtiger Teil des *Dorf-Etats* – was wohl bedeuten soll, dass das Geld, das die Einwohner monatlich in die Gemeindekasse zahlen, vor allem für Dinge wie Fahrradwege, Spielplätze und einen neuen Leiterwagen für die Freiwillige Feuerwehr Bokel benötigt wird.

Papas Meinung dazu ist jedoch, dass der alte Schütt einen richtigen „Reibach" mit dem Verkauf der Grundstücke machen wird, weil die Grundstückspreise in den letzten Jahren wahnsinnig gestiegen sind. Ein Grundstück, auf dem Häuser gebaut werden dürfen, ist ja logischerweise wesentlich wertvoller als eine Wiese, auf der ein paar Frösche quaken oder Störche nisten.

Muffin und ich haben übrigens auch den Eindruck, dass der Kerl ein ziemlich habsüchtiger Schmierlappen ist. Auch wenn wir bisher immer noch kein Gesicht für diesen scheinbar unangenehmen Zeitgenossen haben. Aber die Stimme sagt schon eine ganze Menge über den Menschen aus. Und wenn ich es mir recht überlege, hat auch Rüdiger ein feines Gespür für den Charakter eines Menschen. Seine empfindliche Nase hat an diesem Tag in Hinrichs Garten sofort die negative Energie erschnüffelt, die von diesem Mann ausgeht. Die Geldgier, das Geltungsbedürfnis, die Falschheit...

Muffin boxt mich in die Rippen und ich fahre zusammen, weil er mich unsanft aus meinen Gedanken gerissen hat.
„Was soll das?“, fauche ich ihn an.
„Guck mal, da! Da ist die Robin-Gang. Was wollen die denn von Luisa?“
Luisa? Wie? Ich zucke zusammen, als hätte ich an einen Elektrozaun gefasst. Nervös folge ich Muffins Blick. Auf dem kleinen Rasenstück neben der Sporthalle, halb verdeckt von einigen hohen, kahlen Büschen, sehe ich Luisas dunklen Lockenkopf, den sie soeben heftig schüttelt, als wolle sie jemandem widersprechen. Dieser Jemand ist – Robin! Wer denn sonst? Er scheint eindringlich auf sie einzureden und gestikuliert wild. Jetzt macht er zwei Schritte auf sie zu und verringert damit den Abstand zwischen ihnen soweit, dass er fast Nase an Nase mit ihr steht. Nervös schiebt sie ihre große, schwarz eingefasste Brille ein Stück höher.
Luisa ist zwar mindestens ein Jahr älter als wir und geht bereits in die 9. Klasse (Muffin hat mir erzählt, dass sie in der Orientierungsstufe aufgrund ihrer extrem guten Noten einen Jahrgang übersprungen

hat), aber ihre Statur ist doch sehr zierlich und sie ist fast einen Kopf kleiner als Robin.

Mein Herz schlägt plötzlich wie wild, als ich beobachte, dass Robin Luisa immer weiter zurückdrängt, hinter die Büsche, dass ich fast nicht mehr erkennen kann, was dort vor sich geht. Ich mache einen langen Hals und gehe ein Stück auf die Büsche zu, um besser sehen zu können. Doch Muffin hält mich fest.

„Was machst du denn? Bist du verrückt? Du willst dich doch nicht schon wieder mit dem Typen anlegen, oder?“, meckert er.

Doch ich achte gar nicht auf ihn, gehe einfach weiter. Wie an einer unsichtbaren Schnur gezogen. Ich denke nicht darüber nach, welche Folgen es haben könnte. Mein Verstand ist wieder einmal ausgeschaltet. Bis ich die Sträucher fast erreicht habe. Robin hat Luisa an die Mauer gedrängt und drückt ihre schmalen Schultern mit beiden Händen an die Wand.

„Rück' schon raus, das Teil!“, höre ich ihn nun drohen.

Mein Herz schlägt mir immer noch bis zum Hals, das Blut rauscht in meinen Ohren. Was will der Kerl bloß von ihr? Der soll sie gefälligst in Ruhe lassen!

Da beobachte ich, wie Luisa zögernd in ihre Schultasche greift, ohne den Blick von Robins Gesicht zu lassen. Sie zieht etwas daraus hervor und will es ihm gerade reichen, als ich im Augenwinkel eine Bewegung bemerke. Marcel, die Abrissbirne, hat mich entdeckt und steuert nun geradewegs auf mich zu.

„Heh! Hau ab, Arschloch!“, ruft er.

Das Seltsame ist, dass ich in den meisten Situationen genau das Gegenteil von dem mache, was man von mir verlangt. Ganz besonders, wenn der Ton die Musik macht. In diesem Fall ist es der Befehlston einer Abrissbirne, der mir überhaupt nicht gefällt und mich veranlasst, nicht nur NICHT stehen zu bleiben sondern – ganz im Gegenteil – mich mitten ins Getümmel und damit ins Verderben zu stürzen.

Plötzlich geht alles ganz schnell. Ich schlage einen Haken um Abrissbirne herum, springe auf Robin zu und schubse ihn mit der vollen Wucht meines Sprunges von Luisa weg. Er hat nicht mit diesem Angriff gerechnet. Während er mich noch aus großen Augen überrascht anstarrt, taumelt er auch schon zur Seite, verliert das Gleichgewicht, rudert eine Sekunde lang hilflos mit den Armen und fällt dann, wie ein abgesägter Baum, einfach um. Er landet auf der Seite und versucht noch, sich mit der linken Hand abzustützen. In der selben Sekunde zerreißt ein spitzer Schrei die Luft. Es hört sich an, wie das Geheul eines wilden Tieres, das in eine Falle geraten ist. Laut, lang, qualvoll, hoch, schmerzhaft in den Ohren der Umstehenden. Und plötzlich passiert etwas Merkwürdiges: Für genau eine Millisekunde verharren alle exakt in der Bewegung, in der sie sich gerade befinden. Als hätte jemand auf einen Not-Aus-Knopf gedrückt.

Niemand atmet. Niemand bewegt sich. Der Film ist für einen Augenblick angehalten. Ich habe das Gefühl, die Szenerie beginnt sich um mich zu drehen und ich kann mir ganz genau anschauen, welche Position jeder

der Schauspieler gerade inne hat. Sogar mich selber kann ich erkennen.

Ich stehe – wie in einem Karate-Film – in dieser merkwürdigen Haltung, bei der man das Gewicht seines Körpers so gleichmäßig verteilt, dass man jederzeit in jede nur mögliche Richtung abspringen kann. Die Knie leicht gebeugt, die Beine in einer seitlichen Schrittstellung, meine Hände, am anderen Ende der ausgestreckten Arme, abwehrend geöffnet .

Luisa steht noch immer mit dem Rücken an der Wand. Mit der rechten Hand umklammert sie ein Handy, die linke will gerade eine dunkle Locke aus dem schmalen, blassen Gesicht streichen. Ihre Augen sind weit aufgerissen und starren mit einem faszinierten Ausdruck durch das dicke Glas ihrer Brille auf den am Boden liegenden Robin.

Marcel befindet sich ungefähr zwei Schritte hinter mir. Sein Blick ist genauso erstaunt, wie der von Robin. Er vollführte gerade eine halbe Drehung, als der Film anhielt. Sein Arm ist noch ausgestreckt, seine Hand versucht, mich zu greifen.

Irgendwo am Bildrand entdecke ich Muffin, der beide Arme in die Höhe reißt und mit geöffnetem Mund einen stummen Schrei in die Szene schickt.

Der einzige, den ich nicht ausmachen kann, ist Babyface-Tom. Er hat sich aus dem Bild geschlichen. Und noch während mir diese Frage durch den Kopf spukt, beginnt der Film wieder zu laufen. Erst ruckelt er etwas, dann dreht sich alles noch einmal im Zeitraffer-Modus wie eine 360-Grad-Aufnahme um mich herum und in dem Moment, in dem das Bild bei mir angekommen ist, taucht das Babyface aus dem Nichts vor mir auf!

Das Letzte, was ich wahrnehme, ist ein dumpfer Schmerz über meinem rechten Auge. Dann fällt der Vorhang und verdunkelt die Szene.

Als ich die Augen wieder aufmache, scheine ich mindestens einen kompletten Akt verpasst zu haben.

Ich liege auf dem Rücken, spüre ein schweres Gewicht auf der Brust und zwei weitere auf den Oberarmen. Hinter meiner Stirn pocht ein dumpfer Schmerz. Undeutlich erkenne ich das Gesicht des Teufels, das direkt über meinem Gesicht zu schweben scheint. Ein hässliches Grinsen zerteilt die Fratze in zwei unansehnliche Hälften. Die schmalen Lippen bewegen sich, doch ich kann nichts hören.

Ich habe einen unangenehmen Geschmack auf der Zunge. Bitter und metallisch. Mir wird übel. Der Druck auf dem Brustkorb verstärkt dieses Gefühl noch. Durch das Rauschen in meinen Ohren dringt dieses krächzende Geräusch. Dann erkenne ich Robins Stimme in dem Krächzen.

„Du bist tot, Alter! Was glaubst du, mit wem du dich angelegt hast?“

„Mit dem Teufel“, höre ich meine eigene Stimme undeutlich. Es ist mehr ein Stöhnen, weil ich kaum noch Luft bekomme.

„Genau! Der Teufel! Satan! Das bin ich!“

Robin rutscht noch ein Stück höher und legt sein Knie direkt unter meinen Kehlkopf. Ich schnappe nach Luft. Es tut höllisch weh und weil ich kaum noch atmen kann, bekomme ich richtige Panik.

„Aber du hast Glück“, spricht Robin, der Hilfs-Satan weiter. „Du hast fünf Tage Zeit, um mir 500 € zu besorgen. Verstanden? Streng dich an! Überfall' eine Bank, raub' eine Oma aus! Mir egal. Aber besorg' das Geld! Ansonsten wird es deinem Freund Hinkebein ziemlich schlecht gehen.“

Was? Hinrich? Wieso Hinrich?

Satan macht eine denkwürdige Pause. Dann beugt er sich zu mir herunter. Sein Gesicht ist jetzt ganz dicht vor meinem und ich wundere mich, wie gelenkig dieser schlaksige, lange Kerl ist.

Seine Stimme ist nur noch ein leises Raunen, als er mir ins Ohr flüstert: „Ich habe mich mal schlau gemacht. Ihr seid ziemlich dicke miteinander, das weiß ich. Also überlege dir genau, ob du ihn hängen lässt!“

Mit den letzten Worten nimmt er sein Knie von meinem Hals und hievt sich ein wenig mühsam hoch. Erst jetzt bemerke ich, dass er sich die ganze Zeit seinen rechten Unterarm hält, als hätte er Schmerzen. Und dann begreife ich: Der Schrei vorhin war Robins Geheul. Ein Gejammer, weil er sich den Arm oder die Hand verletzt zu haben scheint, als er nach meinem Angriff gestürzt ist. Da wäre ich ehrlich gesagt auch ziemlich sauer. Aber Schmerzensgeld würde ich trotzdem nicht verlangen. Das kann man doch anders regeln. Und was – zum Teufel - hat denn Hinrich mit der Sache zu tun?

Und als ich mich endlich noch etwas benommen auf die Unterarme stütze, um meine Lage zu checken, hat Muffin sich neben mich gehockt und hält mich an den Schultern. Vorsichtig taste ich zunächst meinen Hals ab und fahre dann über meine rechte Augenbraue. Zum Glück scheint es keine Platzwunde zu sein. Aber eine fette Beule wird es mal wieder geben. Verdammt!

Muffins Griff um meine Schultern wird fester. Anscheinend mache ich den Eindruck, als würde ich gleich wieder umkippen.

„Ich habe dir geraten, dich nicht mehr mit Robin anzulegen“, schimpft er mit mir. „Das hast du jetzt davon. Und Luisa ist auch abgehauen.“

Luisa – bei diesem Namen dreht sich wieder alles um mich. Was ist das nur? Und, was viel wichtiger ist: WO ist sie nur?

Die Frage klärt sich in der nächsten großen Pause. Ich verspüre keine Lust, auf den Schulhof zu gehen und begleite Muffin lieber in den Bioraum. Er hat heute wieder Aufräum-Dienst und ich kann mein blaues Auge am einfachsten zwischen Froschlaich und ausgestopften Eulen verstecken. Wir haben den oberen Flur gerade erreicht, als eine zarte Stimme meinen Namen ruft.

Luisa! Es durchzuckt mich wieder wie ein Stromschlag. Doch ich werde cool bleiben. Ganz langsam drehe ich mich um. Wie einer meiner Helden aus meinen Abenteuerromanen. Der Held. Der Retter. Der Beschützer.

Ich schaue sie jetzt an, will etwas sagen, etwas Schlaues. Doch die Worte bleiben mir einfach im Hals

stecken. Wahrscheinlich die Folge von Robins Knie-Attacke.
Dann kommt sie mir zuvor und sagt: „Ich wollte mich nur kurz bedanken. Das war wirklich...“. Sie stockt.
Es entsteht eine kurze, unangenehme Pause.
„Hast du Lust, mit uns heute Nachmittag zu Hinrich Weber zu kommen und uns ein wenig zu helfen?“, rettet Muffin nun die Situation. „Der kann jede helfende Hand zurzeit gebrauchen auf seinem Storchenhof.“
Luisa sieht ihn fragend an.
„Hinrich's Storchenhof?“
„Ja, richtig. In Bokel, ein paar Häuser hinter dem See liegt der Hof.“
„Ja, gerne! Kann ich noch jemanden mitbringen?“
Muffin schaut sie erstaunt an und ich bemerke, dass ich gerade am Spielfeldrand stehe und mir alles aus einer gewissen Distanz anschaue. Prima Held, denke ich.
„Wen willst du denn mitbringen?“
„Julius würde sicher auch gerne mitkommen“, ist die prompte Antwort.
Aha, Julius also. Der coole Typ, der das Longboard reitet, wie kein zweiter. Der Master auf vier Rollen. Der Hecht in der Halfpipe. Das hätte ich mir auch denken können, dass sie den Kerl interessant findet. Die beiden hängen öfter auf dem Schulhof zusammen herum und fahren meist mit demselben Schulbus. Außer Muffin ist Luisa die Einzige, die sich mit ihm sehen lässt, schießt es mir durch den Kopf.

Ich drehe mich in meine ursprüngliche Fahrtrichtung zurück und winke noch einmal kurz über die Schulter zum Abschied. „Ich gehe schon mal vor. Macht ihr einen Treffpunkt aus!“, rufe ich, ohne mich umzusehen. Dann öffne ich schon die Tür des Bioraumes und springe hinein. Als die Tür hinter mir ins Schloss kracht, lasse ich mich mit dem Rücken gegen die Wand fallen, werfe meinen Kopf zurück, dass er hart an die Mauer knallt. Der jähe Schmerz treibt mir die Tränen in die Augen und die Vernunft in den Schädel zurück. Was habe ich denn nur gedacht? Dass sie mich vielleicht nett finden würde? Ich bekomme in ihrer Gegenwart ja nicht einmal ein Wort heraus. Im Gegensatz zu meinem Kumpel. Der geborene Talkmaster ist dieser Typ. Und ich? Löse mich einfach in Luft auf, wenn es interessant wird. Kein Wunder, wenn sie lieber mit Julius abhängt.

Ein paar Stunden später spielt der Schultag den Harmlosen und endet schließlich ähnlich unspektakulär, wie er begonnen hat. Tut einfach so, als hätte es weder eine Erpressung noch eine Prügelei, einen verstauchten Arm oder ein blaues Auge gegeben.

Da Robin anscheinend eine Stunde nach mir Feierabend hat, ist die Busfahrt einigermaßen entspannt. Ich kann sogar einen Sitzplatz auf der rechten Seite am Fenster ergattern. Ich lehne meinen Kopf an die kühle Scheibe und spüre, wie die Kälte meinem blauen Auge Linderung verschafft. Zu Hause schaffe ich es nur mit Mühe, meiner Mutter nur von links zu begegnen. Ich schmeiße meine Schultasche in die Ecke neben meinem Schreibtisch und bin froh, dass ich die meisten Hausaufgaben bereits in der Schule erledigt habe. So kann ich gleich mit Rüdiger das Haus verlassen – natürlich nicht ohne Mom's Picknickkorb.

Mir ist ein bisschen schlecht. Hoffentlich nicht, weil ich eine Gehirnerschütterung habe sondern vor Aufregung. Immerhin werde ich Luisa gleich wieder sehen. Und – ja, leider! – auch Julius.

Ich beeile mich, um vor den anderen auf dem Hof zu sein. Muffin hat mit den beiden einen Treffpunkt am See verabredet, und sie kommen dann gemeinsam von der anderen Seite zu Hinrichs Hof.

Ich gehe ganz langsam die Auffahrt hoch und schaue angestrengt zum Haus hinüber. Alles ist ruhig. Ich habe also Glück und bin der Erste hier. Auch Hinrich kann ich nirgends entdecken. Wahrscheinlich ist er schon hinten im Gemüsegarten oder er zählt die Störche. In den letzten Tagen sind wieder ein paar Männchen angereist und haben unsere Nisthilfen eingehend inspiziert. Zwei oder drei sind leider wieder abgeflogen. Ziemlich wählerisch, die Wohnungssuchenden. Seltsamerweise ist „Nest 1" auf dem Scheunendach immer noch unbesetzt. Das wundert mich schon sehr, denn Hinrich hat uns erklärt, dass dieses Nest wegen seiner „exponierten" Lage und der guten Aussicht immer das begehrteste war. Irgendetwas scheint die Störche in diesem Jahr aber davon abzuhalten, „Nest 1" zu beziehen.

Vielleicht spüren sie die Gefahr, die von einem nach und nach einstürzenden Dach ausgeht?

Ich habe jetzt fast Hinrichs kleine Kate erreicht. Rüdiger läuft die ganze Zeit vor mir her, die Rute wie ein Stock ganz unbeweglich in die Höhe gerichtet. Seine Nase hält er in den Wind. Er bleibt immer wieder stehen und prüft die Witterung. Sein Nackenfell sträubt sich plötzlich.

Mein Blick streift über die dunklen Fenster, das Dach mit der struppigen Frisur, die Eingangstür.

Da spüre auch ich plötzlich ein merkwürdiges Kribbeln unter meiner Kopfhaut. Etwas stimmt nicht, das fühle ich ganz deutlich. Mein Blick geht noch einmal suchend umher. Dach, Fenster, Tür.

Und dann sehe ich, was mich die ganze Zeit über beunruhigt: Die Tür steht einen kleinen Spalt offen. Das ist nicht Hinrichs Art. Wenn er das Haus verlässt, zieht er die Tür immer hinter sich ins Schloss. Erst recht bei diesen immer noch winterlichen Temperaturen.

„Ich heize doch nicht für draußen!“, sagt er dann immer.

In diesem Moment springt Rüdiger los, schlüpft durch die leicht geöffnete Tür und verschwindet – völlig lautlos – im Haus.

Ich folge ihm, schiebe die Tür auf, gehe vorsichtig ins Haus, über die schmale Diele, am Abstellraum vorbei. Die Küchentür schräg gegenüber steht ebenfalls auf. Den Korb mit den belegten Brötchen stelle ich einfach auf den Boden. Es ist gespenstisch still. Das Haus hält den Atem an. Und mir wird kalt. Was ist hier los?

Warum reagiert mein Körper so angespannt? Am liebsten würde ich mich umdrehen und weglaufen. Aber das kann ich nicht. Ich muss wissen, was mit Hinrich ist. Und wo steckt mein Hund?

Vor dem Türrahmen zur Küche bleibe ich kurz stehen. Jetzt höre ich ein leises Winseln. Rüdiger!

Langsam und vorsichtig schiebe ich meinen Körper durch den schmalen Spalt zwischen Tür und Rahmen und wage mich in Hinrichs geräumige Wohnküche. Es ist schummerig. Der fast quadratische Raum wird nur von der spärlichen Lampe über dem Herd beleuchtet. Das meiste Licht schluckt die beinahe rabenschwarze Wandpaneele, die sicherlich genauso alt ist wie das Haus. Ich erkenne den alten wackeligen Küchentisch, an dem wir immer Mom's Picknick einnehmen. Eine gemütliche Bank vor dem Fenster und drei Stühle, die von drei verschiedenen Flohmärkten stammen, machen das Bild eines Männerhaushaltes perfekt.

„Es wird alles solange genutzt, bis man nicht einmal mehr Zahnstocher daraus fertigen kann", erklärt Hinrich uns immer, wenn wir uns trauen, Witze über sein Sammelsurium zu machen.

Ich will mich gerade wieder umdrehen, um die Küche zu verlassen, als ich etwas Dunkles auf dem Boden hinter dem Tisch wahrnehme. „Das ist doch sein grauer Kittel!", schießt es mir wie ein Blitz durch den Kopf.

Und neben ihm liegt Rüdiger, ganz regungslos, und hat seine Schnauze auf Hinrichs Arm abgelegt. Ich springe auf den Körper zu, lasse mich auf die Knie fallen und rufe: „Hinrich!“, und immer wieder „Hinrich! Hörst du mich? Hinrich!“

Rüdiger hebt nur den Kopf und sieht mich aus seinen dunklen Hundeaugen traurig an.

Ich packe den Körper und drehe ihn langsam auf den Rücken. Dabei rutscht die Mütze von Hinrichs beinahe kahlem Schädel. Er hat die Augen geschlossen. An der rechten Schläfe pulsiert etwas Dunkles, Klebriges. Blut!

Jetzt erst bemerke ich, dass der Tisch ganz schief steht und einer der Stühle sich nur noch auf drei Beinen hält. Ein paar Teller und Tassen müssen vom Tisch gefallen sein und übersäen den Steinboden mit tausend bunten Scherben. Es sieht aus, als hätte ein Kampf statt gefunden.

„Wer war das?“, höre ich mich rufen und Rüdiger springt sofort auf und beginnt, aufgeregt durch die Küche zu schnüffeln. Dann hat er anscheinend Witterung aufgenommen und rennt – wie angestochen – aus dem Raum.

Mein Herz pocht immer noch rasend schnell und ich suche verzweifelt nach irgendeinem Lebenszeichen von Hinrich. Erst, als ich mein Ohr ganz nahe vor seine halb geöffneten Lippen bringe, kann ich ein ganz leises Zischen hören. Er atmet! Zum Glück! Er lebt! Hinrich lebt!

Ich springe auf und renne auf die Diele zum Telefon, welches im Weber-Haus noch ganz altmodisch an ein kurzes, schwarzes Kabel gefesselt ist. Ein Handy habe ich schließlich nicht. „Dafür bist du uns noch zu jung“, haben meine Eltern gesagt, als ich mir letztes

Jahr eines zum Geburtstag gewünscht habe. Jetzt sieht man mal, dass es nie verkehrt ist, mobil telefonieren zu können. Ich kann dem Einsatzleiter leider seine dringenden Fragen zum Zustand des Verletzten nur beantworten, indem ich mehrmals den Hörer auf die Garderobe lege und zu Hinrich in die Küche laufe. Als er mich zum dritten Male auffordert, zu überprüfen, wie regelmäßig der Puls ist, reicht es mir.

„Das hier ist ein Notfall! Der Mann ist am Kopf verletzt. Er hat keinen Liebeskummer!“, brülle ich ungehalten in den Hörer.

Die Stimme versucht mich zu beruhigen und ich nenne noch die Adresse (die mir fast nicht eingefallen wäre vor lauter Wut und Aufregung) und verspricht mir, dass ein Rettungswagen ganz schnell unterwegs sei.

Nachdem das Gespräch beendet ist, hole ich eine dicke Decke aus dem Wohnzimmer und lege sie über Hinrichs regungslosen Körper. Ich halte seine riesige Hand und streiche vorsichtig über seinen Handrücken, um ihn zu beruhigen. Also wahrscheinlich eher, um mich zu beruhigen. Denn mehr kann ich gerade nicht tun.

Die Zeit zieht sich wie ein Kaugummi.

Plötzlich wird es laut. Von weitem höre ich schon das Martinshorn des Rettungswagens. Im selben Moment poltert es laut auf dem Flur.

„Hinrich? Jan? Hallo!“, höre ich Muffins Stimme und bin fast ein wenig erleichtert.

Dann wird die Küchentür aufgestoßen und Muffin, Luisa und Julius betreten die Szene. Es wirkt alles so unwirklich. Ich weiß nicht, ob ich mich freuen soll, die drei zu sehen. Die Angst um Hinrich ist einfach übermächtig und drückt mich zu Boden. Hinrichs große Pranke halte ich immer noch fest umschlossen.

Die Sanitäter haben Mühe, mich von meinem alten Freund zu trennen, um ihn untersuchen zu können. Meine Angst, ihn nicht mehr lebend wiederzusehen, ist riesig. Aber schließlich begreife ich doch noch, dass ihm nur geholfen werden kann, wenn ich Platz mache.

Wie betäubt sehe ich den Männern zu, wie sie Hinrich mit einer kleinen Lampe in die Augen leuchten, die Wunde an seiner Schläfe begutachten, eine Manschette anlegen, um seinen Blutdruck zu messen, den Puls fühlen. Einer zieht derweil eine Spritze auf.

Ich sitze auf einem der Flohmarkt-Küchenstühle, teilnahmslos, beinahe apathisch. Hinter meinem Rücken steht Muffin und hat die Hände auf meine Schultern gelegt. Luisa und Julius haben sich links und rechts vor mir postiert und schweigen betroffen. Luisas dunkle Augen glänzen in dem Schummerlicht der Funzel über dem Herd beinahe schwarz. Sie wirkt schockiert. Dann versuche ich in Julius Gesicht zu lesen. Er hat den Blick gesenkt. Plötzlich schüttelt er den Kopf. Die Bewegung ist ziemlich heftig, ein wenig abgehackt, wie bei einem Roboter. Dann schaut er auf, blinzelt mich zwei- oder dreimal an und im nächsten Moment rollt er mit den Augen, sodass nur noch das Weiß zu sehen ist. Das sieht ganz schön irre aus!

Worüber regt er sich denn so auf? Hat doch niemand etwas gesagt. Ich wundere mich über diese eigenartige Reaktion. Will ihn gerade danach fragen, als die Sanitäter Hinrich auf die Trage heben und ihn durch die Küchentür schieben. Schon habe ich Julius' merkwürdiges Verhalten wieder vergessen.

Muffin fragt: „Was ist denn bloß passiert, Jan?“

Er versucht, den Kloß in seinem Hals hinunterzuschlucken.

„Ich weiß es nicht, Muffin“, antworte ich nach einer Ewigkeit. „Er lag schon da, als Rüdiger und ich das Haus betreten haben.“

Und da fällt mir auf, dass Rüdiger nicht mehr da ist. Ich weiß noch, dass er irgendeiner Spur zu folgen schien, als er die Küche verließ. Danach ist alles nur noch sehr verschwommen. Ich habe in dem ganzen Chaos meinen Hund völlig vergessen.

„Habt ihr Rüdiger irgendwo draußen gesehen?“, frage ich und weiß doch bereits, dass dies sehr unwahrscheinlich ist.

„Wer ist Rüdiger?“, will Luisa nun wissen. „Dein Hund? So ein wuscheliger, schwarzer?“

Ich nicke schlaff.

„Der kam uns entgegen gerannt, als wir auf den Hof gekommen sind. Ist wie ein Verrückter die Auffahrt hinunter gewetzt.“

Na prima! Jetzt kann ich auch noch nach Rüdi suchen. Als wenn es nicht schon genug Probleme gibt.

Erst Stunden später, als ich zu Hause lustlos vor meinem Abendessen sitze, begreife ich so richtig, was alles passiert ist. Der Tag war eine einzige Katastrophe. Und das Schlimme ist: Er ist noch lange nicht zu Ende!

Immerhin weiß ich Hinrich in guten Händen. Er muss mindestens über Nacht im Krankenhaus bleiben. Mom hat vorhin dort angerufen und sich nach ihm erkundigt. Aber erst, nachdem sie behauptet hat, Hinrichs Nichte zu sein, war die Schwester der Nachtschicht bereit, ihr zu berichten, dass er zwischenzeitlich zu sich gekommen sei und es ihm – den Umständen entsprechend – gut ginge. Voraussichtlich müsse er jedoch noch ein paar Tage in der Klinik bleiben, weil sie ihn wegen der Gehirnerschütterung noch ein wenig beobachten wollen. Es wäre also gut, wenn Mom ihrem „Onkel" morgen früh ein paar frische Kleidungsstücke vorbei bringen würde.

Wir beschließen, ihn morgen früh zu besuchen. Zum Glück ist ja Wochenende und ich habe keine Schule.

Mein blaues Auge, das Mom am Abendbrottisch dann doch noch entdeckt hat, habe ich ihr zunächst mit einem Zusammenprall auf der Treppe in der Schule erklären können. Ich will nicht, dass sie sich Sorgen macht.

Rüdiger hat sich eine Stunde nach seinem Verschwinden dann zum Glück auch wieder eingefunden. Er kam ein wenig erschöpft und müde hechelnd auf den Hof gelaufen. Die anderen waren so lieb und haben mit mir zusammen gewartet und in der Zwischenzeit das Chaos in der Küche beseitigt.

Ich wüsste nur zu gerne, wo Rüdi sich herumgetrieben hat. Welche Spur hat er bloß verfolgt. Wäre er so ein kluger Hund wie Lassie, hätte er so lange an meinem Hosenbein gezerrt, bis ich ihm gefolgt wäre. Dann hätte er mir seine Entdeckung zeigen können.

Aber er ist halt nur Rüdiger. Lieb und empathisch zwar, aber eben doch nur ein ganz normaler Hund.

Dann fällt mir noch diese merkwürdige Geschichte mit Luisa ein. Die geht mir nicht mehr aus dem Kopf. Luisa scheint über sonderbare Fähigkeiten zu verfügen. Aber vielleicht bilde ich mir das auch nur ein. Nach so einem turbulenten und schmerzhaften Tag können einem die Sinne schon einmal einen Streich spielen, nicht wahr?

Aber was ist da eigentlich passiert, als wir gemeinsam in der Küche standen und überlegt haben, was zu tun sei, nachdem Hinrich fort war.

Es war eine dramatische, beklemmende Stille in diesem Moment.

Luisa bewegte sich zuerst, nahm sich die Brille ab und schaute angestrengt ins Zwielicht.

Ich wusste gar nicht, dass sie ohne Brille überhaupt in der Lage war, etwas mehr zu erkennen, als irgendwelche Konturen. Soweit ich gehört habe, leidet sie an Kurzsichtigkeit. Sie kann also ohne Brille nur das sehen, was sich direkt vor ihrem Gesicht befindet.

Doch sie schaute sich um, ging langsam auf und ab, berührte mit einer Hand den Küchentisch, strich sanft über den dreibeinigen Stuhl, legte dann ihre flache Hand wieder auf den Tisch. Irgendwann bückte sie sich und nahm eine der Scherben vom Boden auf. Sie hob sie vor ihr Gesicht, drehte sie leicht hin und her und schloss dann ihre Augen. Ihr Gesicht entspannte sich plötzlich. Sie lächelte sogar ein wenig. Das gab ihren Zügen einen etwas entrückten Ausdruck, als wäre sie in einer anderen Welt und würde einer wunderschönen Melodie lauschen.

Plötzlich war der Spuk vorbei und sie öffnete wieder ihre Augen. Etwas verwirrt schaute sie umher und setzte sich dann wieder ihre dicke Brille auf die Nase.

„Sehr gut“, sagte sie dann, und ihre Stimme klang fest und bestimmt. „Das habe ich mir fast gedacht. In dieser Küche findet das Leben statt. Die Vergangenheit, die Gegenwart und -“. Sie schwieg eine Sekunde. „Und: Die Zukunft!“

Wir drei Jungs schauten uns etwas verwirrt an. Als sie unsere fragenden Blicke bemerkte, machte sie nur eine wegwerfende Handbewegung und sagte: „Manchmal sehe ich eben ohne Brille mehr, als mit.“

Darüber denke ich nun die ganze Zeit nach. Was hat sie nur damit gemeint? Was hat sie gesehen – ohne ihre vielen Dioptrien?

Ich hoffe, ich kann es irgendwann heraus finden.

Julius hat übrigens nicht mehr mit dem Kopf gewackelt oder die Augen verdreht. Ich beschließe, Muffin morgen zu fragen, ob er das auch schon einmal erlebt hat. Der coole Julius wird doch nicht verrückt sein?

Dann falle ich in einen unruhigen Schlaf und träume ganz verrückte Dinge. In meinem Traum fügen sich Bilder aus den letzten Wochen wie ein Puzzle zusammen. Aber das Gesamtbild ergibt einfach keinen Sinn.

Ich sehe Hinrich, der mit einer blutenden Wunde am Kopf auf mich zu hinkt und mir etwas zuzurufen scheint. Ich kann seine Worte aber nicht hören.

Dann bemerke ich Rüdiger, der bellend und mit gesträubtem Fell vor einem dunkel gekleideten Mann auf und ab springt. Der Mann dreht den Kopf und ich kann einen flüchtigen Blick auf sein Gesicht werfen. Doch es ist ganz verschwommen, wie durch ein Milchglas fotografiert.

Ich drehe mich um und entdecke Luisa und Julius Hand in Hand auf Hinrichs Haus zulaufen. In dem Moment, als sie hinter der Tür verschwunden sind, gibt es einen lauten Knall und der Himmel färbt sich orange. Das Haus geht in Flammen auf. Ich begreife, dass die beiden dort drinnen keine Chance haben, dem Feuer zu entkommen und will ihnen zu Hilfe eilen. Aber irgendetwas hält mich fest. Als wäre ich angenagelt. Ich will schreien, dass sie auf der Stelle aus dem Haus kommen müssen. Aber meine Stimme ist nur ein heiseres Krächzen.

Plötzlich kommt Luisa aus den Flammen auf mich zu. Sie trägt etwas in der Hand, schwenkt es triumphierend durch die Luft. Doch ich kann den Gegenstand nicht erkennen.

„Ich habe es gefunden!“, ruft sie mir zu. „Es lag in der Küche!“

Dann heulen die Sirenen und die Feuerwehr taucht den Hof in ein gespenstisches, blaues Flackerlicht.

Ich schrecke hoch, sitze kerzengerade im Bett und spüre, dass mein T-Shirt mir am schweißnassen Rücken klebt.

„Gott sei Dank“, denke ich. „Es war nur ein Traum!“

Doch das durchdringende Geheul der Sirenen scheint mir gefolgt zu sein und wird immer lauter: Feueralarm? Irgendwo muss es wirklich brennen. Das ist tatsächlich kein Traum mehr!

7. Kapitel

Von Zielen und Zeichen

Ich kann immer noch nicht fassen, was da letzte Nacht passiert ist. Wenn ich darüber nachdenke, wird mir übel und ich habe das Gefühl, keine Luft zu bekommen. Und dabei ist mir das gesamte Ausmaß der Katastrophe noch gar nicht ganz klar. Ich weiß nur, dass Hinrich nicht nur mit einer Gehirnerschütterung und einer gefährlichen Platzwunde am Kopf im Krankenhaus liegt, sondern seine Situation mittlerweile sogar noch viel entsetzlicher ist.

Wieder und wieder nehme ich mein Logbuch zur Hand und schreibe meine wirren Gedanken auf, um wenigstens zu versuchen, diese zu sortieren und dabei zu begreifen.

Mein Vater kam heute Morgen vom Bäcker zurück mit einer Tüte voll frischer Brötchen unter dem Arm. Mom hatte schon den Tisch gedeckt und ein paar Eier gekocht. Es duftete irgendwie nach einem ganz normalen Samstag. Nach den schlimmen Ereignissen gestern, meinem verrückten Traum letzte Nacht und den anschließenden unruhigen und schlaflosen Stunden, tat es gut, etwas so Banales, wie ein Familienfrühstück, zu genießen.

Mom war die Erste, die bemerkte, dass etwas nicht stimmte.

„Was ist los, Henning?“, fragte sie, als mein Vater in der Tür zum *Lebensraum* stehen blieb und keine Anstalten machte, die Zeitung und die Brötchentüte abzulegen oder sich aus der dicken Winterjacke zu schälen.

Jetzt erst bemerkten auch Lisa und ich, dass etwas passiert sein musste. Mein Vater sah aus, als hätte er ein Gespenst gesehen. Er ließ die Arme hängen, starrte an uns vorbei in den Raum und ließ sich von Mom einfach die Tüte und die Tageszeitung aus der Hand nehmen, bevor diese auf den Holzdielen landeten.

Es dauerte noch ungefähr eine Minute, bevor er uns erklären konnte, was er in der Bäckerei von Frau Voss erfahren hatte.

„Hinrichs Kate ist letzte Nacht abgebrannt“, brachte er mühsam hervor. „Frau Voss sagt, das Feuer wurde gegen Mitternacht entdeckt.“

Er hielt kurz den Atem an bevor er weitersprach: „Da war es aber längst zu spät! Das Haus ist bis auf seine Grundmauern zerstört! Nichts zu retten! Hinrich ist nun auch noch obdachlos!“

Wir waren entsetzt. Ich hatte das Gefühl, mein Herz würde einfach für einen Moment aufhören zu schlagen. Das konnte doch nicht wahr sein! Ausgerechnet Hinrich? Der Mensch, der sein letztes Hemd für den Erhalt einer intakten Umwelt geben würde, der schon sein ganzes Leben lang dafür sorgt, dass die bedrohten Störche ein Zuhause finden, ausgerechnet dieser Mensch ist jetzt OHNE Zuhause?

Es hatte uns allen den Appetit verschlagen. Ich habe noch nie erlebt, dass jemand von uns am Wochenende freiwillig auf ein frisches Brötchen und ein Frühstücksei verzichtet hätte. Jetzt war es soweit. Wir saßen betroffen am Tisch vor unseren leeren Tellern und rätselten. Wir fragten. Wir stellten Thesen auf. Und verwarfen sie wieder. Mein Kopf war auch irgendwie leer. Ich war wie eingefroren.

Als Mom und ich zwei Stunden später zu Hinrich ins Krankenhaus fuhren, waren wir uns auf jeden Fall einig, dass wir unserem Freund noch nichts von der Katastrophe erzählen würden. Er sollte sich erst einmal von seinem Unfall erholen.

Unfall? Ehrlich gesagt, glaubt niemand von uns mehr an einen Unfall. Ich ganz besonders nicht. Vor allem, weil Rüdiger seit gestern eine Spur in der Nase zu haben scheint.

Und dass auch noch am selben Tag ausgerechnet Hinrichs Haus abbrennt, lässt doch eigentlich nur den Schluss zu, dass es sich hier um einen Tatort handelt, der zerstört werden sollte, oder?

Im Krankenhaus wurden unsere Vermutungen dann noch untermauert. Der behandelnde Arzt, ein junger Mann mit einem blonden Pferdeschwanz und einem stechenden Blick aus hellblauen Augen, erklärte uns, dass an Hinrichs Armen einige Blutergüsse gefunden wurden, die er sich bei seinem Sturz nicht einfach so hätte zuziehen können. Außerdem hätten alle Untersuchungen ergeben, dass er weder einen

Herzinfarkt noch einen Schlaganfall oder einen Kreislaufzusammenbruch erlitten habe. Sein Allgemeinzustand sei zwar den Umständen entsprechend gut, aber er könne sich noch nicht daran erinnern, was an diesem Tag in seinem Haus vorgefallen war. Mit sehr viel Glück und etwas Zeit bestünde aber durchaus eine große Chance, dass er seine Gedächtnislücken wieder komplett schließen könne.

So saßen Mom und ich dann ziemlich bedrückt an Hinrichs Bett und versuchten krampfhaft, uns nicht zu verplappern. Mom erklärte Hinrich, dass sie ihm demnächst frische Kleidung mitbringen würde, damit er zwischendurch auch mal das Bett verlassen könnte, wenn es ihm wieder besser ginge. Und mir fiel in diesem Moment ein, dass zusammen mit Hinrichs Haus natürlich auch seine gesamten Klamotten verbrannt sind.

Ich hätte schreien können, so mutlos fühlte ich mich. Aber ich musste mich zusammenreißen. Hinrich würde schon früh genug erfahren, dass seine Situation absolut aussichtslos war. Das Wichtigste war im Moment, dass er möglichst schnell wieder gesund würde und sich dann vielleicht sogar erinnerte, wer ihm das angetan hatte.

Der Arzt erklärte Mom, dass Hinrich noch einige Tage zur Beobachtung in der Klinik bleiben müsse. Und weil selbst diese wenigen Minuten unseres Besuchs Hinrich sehr anstrengten und ihm der bandagierte Kopf immer noch weh tat, mochte er auch gar nicht viel erzählen. Also verabschiedeten wir uns recht bald von ihm und wünschten ihm eine gute

Besserung. Als ich mich in der Tür noch einmal umdrehte, um noch einen Blick auf meinen alten Freund zu werfen, war er anscheinend schon wieder eingeschlafen. Doch auf seinem Gesicht lag ein dunkler Schatten. Seine Stirn war gerunzelt, so, als ob er über irgendetwas angestrengt nachdachte. Und unter den geschlossenen Lidern bewegten sich seine Augen unruhig hin und her. Sein Anblick versetzte mir einen Stich.

Mom bemerkte, dass ich mich nicht losreißen konnte. Sie legte mir ihre warme Hand auf die Schulter und flüsterte: „Alles wird gut. Du wirst sehen. Bald wird es ihm besser gehen."

Vielleicht stimmt das. Und dann?

Ich klappe mein Logbuch zu und verstaue es in der Schublade des kleinen Tischchens in unserer Hütte. Kaum habe ich die Lade verschlossen, springt Rüdiger mit einem Satz vom Sofa und rennt kläffend und schwanzwedelnd zur Tür. Draußen ist ein aufgeregtes Geplapper zu hören. Die Stimmen, die dort alle durcheinander reden, erkenne ich sofort. Und drei Sekunden später stehen Muffin, Luisa und Julius in der Hütte, stürzen auf mich zu und versuchen - alle gleichzeitig! - mich zu umarmen. Was nicht funktioniert, da ich eigentlich nur etwas mehr als eine halbe Portion bin und folglich nicht genügend Angriffsfläche biete.

Ich versuche zu verstehen, was der Inhalt ihrer Sabbelei ist.

Was ich höre, ist: „Oh nein! Der Arme! Was machen wir? Sollten wir vielleicht?“

Was ich mir zusammenreime ist, dass es um Hinrich geht. Um die Katastrophe, die gerade über ihn hereingebrochen ist. Und was wir tun können, um ihm zu helfen.

Meiner Meinung nach geht es auch und vor allem darum, einen Kriminalfall zu lösen. Und die anderen scheinen genauso zu denken.

In der Zwischenzeit ist Paps zu uns gestoßen und sein Vorschlag, ein Lagerfeuer zu entzünden wird einstimmig angenommen. Julius rollt mit den Augen. Ich werte das diesmal als Zustimmung. Gestern habe ich mit Muffin über meine Beobachtung gesprochen. Er erklärte mir, es handle sich bei seinen eigenartigen Gesichts-Zuckungen um eine Art „Tic“. Harmlos zwar, aber auch kaum zu kontrollieren. Deshalb machten die meisten Mitschüler einen großen Bogen um ihn.

Er und Muffin sammeln jetzt ein paar dicke Feldsteine, die wir vor einigen Tagen unter der Wildhecke hinten im Garten entdeckt haben und legen diese als Kreis aus. In die Mitte kommen ein paar dünne Hölzchen und darauf die dickeren und sehr trockenen Holzscheite aus dem Schuppen. Paps hat ein Feuerzeug dabei und in Nullkommanichts brennt unser kleines gemütliches Feuer. Wir sitzen auf ein paar alten Klappstühlen drumherum. Da kommt Mom mit einem Stapel Decken unter dem Arm. Auf der rechten Hand balanciert sie ein Tablett mit vier großen Bechern, aus denen es verführerisch dampft und nach süßem Kakao duftet. Für ein paar Minuten lösen sich die trüben Gedanken im Kakaoduft auf und machen aus uns wieder ganz normale Jugendliche mit ganz normalen Problemen.

Als wir kurz darauf dick eingemummelt und wieder unter uns sind, verwandeln wir uns in Privatdetektive, um den Fall Hinrich zu lösen.

Ich blicke über den Rand meines Bechers, atme den süßen Dampf ein und beobachte meine neuen Freunde, wie sie nachdenklich in die Flammen schauen, die auf ihren Gesichtern geheimnisvolle Schatten tanzen lassen. Für ein paar Minuten schweigen wir alle. Nur das Knistern und Knacken des brennenden Holzes ist zu hören. Rüdiger liegt zwischen mir und Muffin auf seiner Hundedecke, den Kopf auf den Vorderpfoten, und schaut mit hochgezogenen Lidern angestrengt in die Runde.

Während ich die Flammenmäuler betrachte, die sich immer weiter öffnen und mit ihren gelben Zungen gierig an den Holzscheiten lecken, um sie zu verzehren, stelle ich mir vor, wie das Feuer in Hinrichs Haus unkontrolliert alles verschlungen hat, was sich ihm in den Weg stellte. Welche Hitze, welche Kraft, welche zerstörerische Energie in diesem Element existiert. Und welche magische Anziehungskraft es gleichzeitig besitzt.

Luisa rutscht unruhig auf ihrem Stuhl hin und her. Ich schaue auf. Über den Flammen treffen sich unsere Blicke. Sie hat ihre Brille abgenommen und in ihren Augen lese ich Hilflosigkeit. Mit zwanzig Fragezeichen versehen. Wahrscheinlich fragt sie sich, was sie hier eigentlich macht. Wie es dazu kommen konnte, dass sie plötzlich mitten in einem Kriminalfall steckt. Wir kennen uns doch kaum. Ich habe nur versucht, sie vor einem Idioten zu schützen. Das hätte ich doch aber für jeden gemacht. Und nun fühlt sie sich bestimmt verpflichtet, sich zu revanchieren. Aber das muss sie ja gar nicht.

„Julius und ich helfen euch natürlich bei der Klärung des Falls“, reißt sie mich aus meinen Gedanken. „Mitgefangen – mitgehangen.“

Mir läuft eine Gänsehaut über den Rücken. „Sie kann Gedanken lesen!“, schießt es mir durch den Kopf.

„Ich habe zwar keine Ahnung, wie wir es anstellen wollen. Aber vielleicht können wir ja einfach noch einmal ein paar Ansatzpunkte in den Raum werfen“, erklärt sie dann.

„Vielleicht hat jemand von uns etwas bemerkt oder unbewusst wahrgenommen, als wir in Hinrichs Küche aufgeräumt haben. Irgendetwas. Ein abgerissener Knopf, ein Fussel, ein...“

„Ein kaputter Kaffeebecher?“, frage ich und habe sofort wieder die Szene vor Augen, als Luisa gedankenversunken auf die zerbrochene Tasse gestarrt hatte.

Sie schaut mich aber irritiert an, so, als könne sie sich nicht mehr daran erinnern. Was denn nur für ein Becher, scheint ihr Blick zu fragen. Wahrscheinlich bilde ich mir da auch etwas ein. Ich grüble zu viel. Trotzdem wage ich, meine Beobachtung auszusprechen. Luisa runzelt die Stirn, als suche sie angestrengt in einer Hirnwindung nach der richtigen Antwort. Dann schüttelt sie den Kopf.

„Merkwürdig, Jan, ich kann mich nicht daran erinnern. Als hätte ich diesen Moment verschlafen oder so. Ich weiß nur noch, dass ich hinterher ein eigenartiges Gefühl hatte, als wäre ich der Lösung von Hinrichs rätselhaftem Unfall ganz nah. So, als müsste ich nur den Kopf drehen oder unter den Tisch schauen oder so.“

Dann schweigt sie. Und schüttelt noch einmal den Kopf, sodass ihre dunklen Locken ihr in das blasse, schmale Gesicht fallen.

Julius schüttelt – wie auf Kommando – auch den Kopf und rollt noch einmal die Augen ganz nach oben, dass es aussieht, als würden sie hinten rauskullern.

Dann regt sich plötzlich etwas in unserer kleinen Gruppe. Als hätte jemand mit einer Peitsche auf den Boden geknallt. Es scheint jeden von uns zu durchzucken. Selbst Rüdiger hebt den Kopf und schaut hellwach in die Runde.

Nun übernimmt Muffin das Wort: „Wo sollen wir anfangen? Wer könnte Hinrich etwas antun wollen? Und warum?“

Wir schauen ihn gespannt an.

„Nun“, beginnt er wieder. „Da ist zunächst die Auswertung der ersten Untersuchung der Ursache des Brandes. Was haben deine Eltern erzählt, Jan?“

Er schaut mich beinahe herausfordernd an. Ich warte einen kurzen Moment, um meine Gedanken zu sortieren, weil mich Luisas Blick ein wenig aus der

Spur gebracht hat und ich noch etwas hinter der Realität hinterher hinke.

„Es soll ein Kabelbrand gewesen sein,“ beginne ich dann. „verursacht durch eine Überlastung des Stromnetzes. Zu Deutsch: Es sollen angeblich zu viele Stromverbraucher angeschlossen gewesen sein. Die uralten Kabel in den Wänden sind daraufhin zu heiß geworden, geschmolzen und haben irgendwann angefangen zu brennen. Außerdem soll die Hauptsicherung nicht heraus gesprungen sein. Das hätte den Stromkreis rechtzeitig unterbrechen können. Die Polizei vermutet sogar, dass Hinrich selbst die alte Sicherung mit einem Draht überbrückt hat. Aber mal ganz unter uns: Können wir das glauben?“

Meine Frage hängt wie eine dunkle Wolke über unseren Köpfen.

Wir schauen uns an. Ich glaube nicht an diese Version der Ursache. Ganz sicher nicht. Und als ich meine Überlegungen anspreche, werde ich von Muffin bestätigt.

„Das KANN gar nicht sein. Als wir nämlich am Abend das Haus verlassen haben, haben wir sogar die funzelige Lampe über dem Herd ausgeschaltet. Und Hinrich hat ja nicht mal einen Kühlschrank. Was also soll deren Meinung nach soviel Strom verbraucht haben, dass die Leitungen überhitzt sind? Das verstehe ich nicht. Es sei denn...“

Er schweigt abrupt. Wir schauen ihn an. Es knirscht förmlich in seinem Kopf, wie ein schweres Getriebe, dass noch ein bisschen Öl benötigt, um wieder rund zu laufen. Wir können das Ächzen und Stöhnen der Zahnräder förmlich hören.

„Es sei denn“, fährt er plötzlich fort, „dass jemand ins Haus gekommen ist, nachdem wir gegangen waren. Und dieser Jemand hat dann alle verfügbaren Geräte und Lichter angeschaltet. Und – die Sicherung manipuliert!“

Er schlägt sich mit der flachen Hand auf den Oberschenkel. „Es kann nur so gewesen sein!“

„Wer sollte ein Interesse daran haben, dass die olle Kate abbrennt?“, fragt Luisa jetzt vorsichtig. Sie kann sich sicher gar nicht vorstellen, dass man jemandem wie Hinrich so übel mitspielen wollte.

„Der alte Schütt, dessen Gesicht wir immer noch nicht kennen“, antwortet Muffin prompt.

Luisa und Julius blicken ihn fragend an. Julius schüttelt selbstverständlich den Kopf und macht eine scheußliche Grimasse. Von diesem netten Zeitgenossen haben sie ja noch gar nichts gehört.

„Wer ist Schütt?“

„Der Nachbar und Verpächter von Hinrichs Hof und Wiese“, erklärt Muffin. „Er will ein paar Häuser auf Hinrichs Land bauen lassen, weil das eine Menge Geld einzubringen scheint. Deshalb lässt er einfach den Pachtvertrag auslaufen. Allerdings hat er Hinrich angeboten, ihm eine Wohnung in einem seiner Gebäude auf dem Schütt-Hof zur Verfügung zu stellen. Aber das kommt für unseren Freund natürlich nicht in Frage.“

Jetzt schütteln wir alle heftig die Köpfe. Unvorstellbar. Damit wäre sein Lebenswerk zerstört.

Außerdem glaube ich einfach nicht, dass Schütt es mit irgendjemandem gut meinen könnte – außer mit sich selbst.

Meine Gedanken gehen derweil noch in eine andere Richtung.

„Was ist mit Robin?“, frage ich nun in die Runde und schaue angestrengt ins Feuer, als wäre dort gleichzeitig die Antwort zu lesen. Dieser Gedanke scheint mir auch nicht so abwegig zu sein. Immerhin hat der Typ mir vor etwas mehr als 24 Stunden gedroht, Hinrich etwas anzutun, sollte ich die von Robin geforderte Summe Geldes nicht rechtzeitig beschaffen. Aber andererseits, überlege ich dann, ist die Frist noch längst nicht verstrichen. Warum sollte er also schon im Vorwege sein Pulver verschießen? Das würde gar keinen Sinn machen. Und als Drohung wäre diese gefährliche Aktion - selbst für einen Psychopathen wie Robin - ein paar Nummern zu groß. Ich verwerfe diesen Gedanken also zunächst wieder.

„Konzentrieren wir uns also erst einmal auf Walter Schütt“, schließt Muffin nun daraus. „Diese Spur scheint die logischste zu sein. Aber wie könnten wir das bloß beweisen?“

„Vielleicht“, meldet sich nun Julius zu Wort, „indem wir ihm eine Falle stellen?“

Alle schauen ihn an. Bisher hat sich Julius wirklich sehr zurückgehalten. Wenn ich ehrlich bin, hat er in meiner Gegenwart keine drei Wörter gesprochen. Aber wenn dieser Asphalt-Surfer etwas sagt, scheint es Hand und Fuß zu haben. Er bemerkt die Blicke, die ihn fixieren, und legt die Stirn in Falten. Dann lässt er die Augäpfel gefährlich rollen, dass das Weiß nur so in der Dunkelheit blitzt.

„Gute Idee“, stimme ich zu. „Irgendwelche Vorschläge?“

Doch da fällt uns zurzeit leider nichts ein. Wir haben ja nicht einmal eine Ahnung, wer Walter Schütt überhaupt ist. Wir müssten ihn also erst einmal auf seinem Hof besuchen. Und wo dieser ist, bekommen wir ja schnell heraus. Unter irgendeinem Vorwand könnten wir vielleicht an seine Tür klopfen. Bestimmt wird es uns etwas weiter bringen, wenn wir diesen Menschen kennenlernen.

Der Gedanke wird von allen angenommen und soll demnächst weiter verfolgt werden.

Ein weiteres Problem, das uns belastet, ist: Was passiert mit Hinrich, wenn er in ein paar Tagen aus dem Krankenhaus entlassen wird? Wer wird ihm erklären, was in der Zwischenzeit vorgefallen ist? Ich ahne es schon. Und ja: Drei Augenpaare sehen mich an – eines davon rollt unruhig hin und her. Die Blicke verraten, dass Widerspruch zwecklos ist. Selbst Rüdiger ist aufgesprungen und leckt mir vielsagend die Hand. Okay, das sagt alles. Ich darf in den sauren Apfel beißen und Hinrich in die Augen sehen, während ich ihm beichte, was passiert ist. Dass er kein Dach mehr über dem Kopf hat. Und ganz nebenbei bemerkt: Unsere Überlegungen sind nichts weiter, als bloße Spekulationen. Meine Eltern hoffen derweil, dass die Feuerversicherung trotzdem zahlen wird. Denn selbst wenn unser Freund bei Walter Schütt eine Wohnung beziehen kann, hat er nicht einmal mehr ein

Hemd auf dem Leib. Geschweige denn, einen Schrank, ein Bett oder einen Stuhl.

Da kommt mir eine Idee: „Wie wäre es, wenn wir zunächst einmal die Hütte für Hinrich herrichten. Wir brauchen ein Bett für ihn. Und mein Vater könnte vielleicht doch diesen kleinen Holzofen einbauen. Essen kann er bei uns drüben. Aber er hätte hier zumindest sein eigenes Reich. Solange, bis wir eine bessere Lösung haben. In der Zwischenzeit werden wir den Schuldigen finden. Wir MÜSSEN den Schuldigen finden!"

Jetzt steht Muffin plötzlich auf und streckt die Hand in einer dramatischen Geste über dem Feuer aus.

„Lasst uns einen Pakt schließen", sagt er dann und seine Stimme klingt verschwörerisch. „Wie bei den vier Musketieren."

„Es waren drei Musketiere!", wirft Julius ein und runzelt genervt die Stirn.

„Vier!", korrigiert ihn Muffin und zählt auf: „D'Artagnan, Athos, Porthos und Aramis." Er schaut ein klein wenig überheblich in die Runde und sein Blick verrät, dass er keine Widerrede duldet.

„Also gut: Vier", gibt Julius nach und rückt sein Stirnband zurecht, weil ihm eine lange nussbraune Strähne in die Augen gefallen ist. Dann lässt er seinen Kopf mit eckigen Bewegungen von links nach rechts zucken. „Und was ist nun der Pakt?"

Muffin scheint die Zuckungen unseres Kumpels gar nicht zu bemerken. Er zieht geräuschvoll die Luft ein, bevor er fortfährt: „Wir werden nicht eher Ruhe geben, bis wir den Fall Hinrich gelöst haben und er wieder in Ruhe und Frieden leben kann. Er soll sich wieder um seine Storchen-Kinder kümmern und seinen Lebensabend auf seinem Hof verbringen können. Wenn dieses Abenteuer überstanden ist, werden wir“, er holt noch einmal tief Luft und seine Stimme bekommt dadurch einen besonders feierlichen Klang, „die vier ...“, er macht erneut eine Pause. Dann schaut er etwas hilflos in die Runde.

„Wie wollen wir uns eigentlich nennen?“, fragt er dann.

Als ich ihn so anschaue, wie er da steht, dieser schmächtige Nerd, in seinem braven, braunen Anorak, die Nickelbrille auf der wohlgeformten Nase, muss ich an den superklugen Sheldon aus meiner Lieblings-Sitcom „Big Bang Theory“ denken. Und mir fällt auf, dass wir vier ganz schöne Freaks sind, jeder auf seine Weise. Wir heben uns schon sehr vom Durchschnitt unserer gleichaltrigen Mitschüler ab. Das bringt mich auf eine Idee:

„Vier Nerd's mit Herz!“, rufe ich in die Runde. Es klingt wie: Nörds mit Hörds.

Erst ist es still. Dann plötzlich brechen die anderen in lautes, prustendes Gelächter aus.

„Was ist denn das bitte für ein bescheuerter Name?“ Julius schlägt sich ein paar Mal unkontrolliert an die Stirn. Er macht sich also über mich lustig?

„Ehrlich, Mann“, beschwert sich nun auch Muffin. Trotzdem kichert er wie ein kleines Kind, das auf dem Knie des Weihnachtsmannes sitzt und sein Gedicht vergessen hat.

Dann meldet sich Luisa zu Wort: „Also ich finde den Namen jetzt gar nicht so übel. Wenn man es mal ganz nüchtern betrachtet, sind wir tatsächlich ziemliche Nerd's. Vor allem DU, Professor Muffin. Dein Ruf eilt dir voraus. In der Schule weiß jeder, dass du demnächst in Biologie promovieren wirst."

Wieder müssen wir lachen.

„Also gut", bestätigt Muffin dann. „Es ist also beschlossen?"

Alle nicken zustimmend.

„Also die „Vier Nerd's mit Herz"", verkündet er dann feierlich, bevor er seine eigentliche Rede schließlich beendet: „Wir werden nach Auflösung des Falles „Storchennest" unsere freie Zeit auf Hinrichs Hof verbringen, um ihn zu unterstützen. Die Natur braucht unsere Hilfe. Hinrich braucht unsere Hilfe. Die Störche brauchen unsere Hilfe. Und gemeinsam können wir das schaffen."

Wir schauen ihn schweigend an. Dann erheben wir uns, wie von einer unsichtbaren Kraft gezogen, und reichen uns über dem ausbrennenden Feuer die Hände. Dies ist ein erhabener, ergreifender Moment. Eben haben wir noch albern gekichert. Jetzt spricht ein paar Sekunden lang niemand ein Wort. Ich atme tief ein und schließe die Augen. Aus der Dunkelheit tauchen Bilder auf. Ein Storch, der mit ausgebreiteten Flügeln über mich hinweg segelt. Hinrich, der am anderen Ende seiner Wiese steht und mir zuwinkt. Muffin, Luisa und Julius, die an mir vorbeilaufen und springen und die Arme in die Luft reißen, als würden sie einen wilden, fröhlichen Tanz aufführen. Und um sie herum tobt Rüdiger und hüpft wie ein Gummiball zwischen ihnen hindurch. Ein warmes Gefühl aus Dankbarkeit und tiefer Zufriedenheit durchströmt mich in diesem Augenblick. Für einen kurzen, magischen Moment scheint die Welt stillzustehen. Und in diesem kurzen, magischen Moment ahne ich, dass alles so eintreten muss, wie ich es soeben in meiner Vision deutlich gesehen habe.

„Einer für alle“, spreche ich dann die bedeutungsvollen Worte in die Stille hinein.

„Und alle für einen“, kommt die Antwort prompt im Chor.

Dies ist die Geburtsstunde einer ganz besonderen Freundschaft: „Die vier Nerd's mit Herz“.

Und auch, wenn der Name unseres Clubs ein ganz klein wenig schräg klingt, auch wenn wir vier uns erst vor ganz kurzer Zeit zusammen gefunden haben, auch wenn wir uns so gut wie gar nicht kennen – dieser Club gefällt mir jetzt schon richtig gut.

Erst, als die anderen sich auf den Heimweg gemacht haben, kehrt dieses ungute Gefühl zurück, das mich schon des Öfteren überfallen hat. Als würde jemand aus der Dunkelheit mir zuflüstern: „Lass es bleiben! Das macht alles keinen Sinn! Es ist viel zu gefährlich! Ihr seid schließlich nur ein paar Kinder!“

8. Kapitel

Vom Finden und Fahnden

Die letzten drei Tage war eine ganze Menge los, sodass ich kaum Zeit hatte, mein Logbuch zu führen. Deshalb hole ich das jetzt mal nach.

Wir haben einige Zeit damit verbracht, die Hütte für Hinrich einzurichten. Paps hat tatsächlich einen kleinen Holzofen aus dem Baumarkt besorgt und ihn fachgerecht eingebaut. Es war sogar ein Schornsteinfeger da und hat sich von der Sicherheit und Professionalität überzeugt. Jetzt kann Hinrich es sich richtig kuschelig machen und auch mal Wasser für Kaffee oder Tee aufsetzen. Zugegeben: Fernsehgucken ist ohne Strom in der Laube nicht möglich, aber wir haben ein paar LED-Lampen besorgt, sodass er abends lesen oder Kreuzworträtsel lösen kann.

Es ist noch gemütlicher geworden in unserer Hütte, aber meinen Freunden und mir – den *Vier Nerd's mit Herz* – fällt es trotzdem nicht sonderlich schwer, auf die Hütte in der nächsten Zeit zu verzichten. Solange es Hinrich nur einigermaßen gut geht.

Mom und ich haben für ihn inzwischen ein paar neue Hosen, Pullover und Unterwäsche gekauft und zu ihm ins Krankenhaus gebracht.

Es geht ihm schon viel besser. Die Wunde am Kopf ist verheilt. Allerdings kann er sich immer noch nicht an den Nachmittag vor einer Woche erinnern, als wir ihn bewusstlos in seinem Haus gefunden haben.

Gestern musste ich nun mein Versprechen einlösen und unserem Freund erklären, was mit seinem Haus und seinem gesamten Hab und Gut passiert ist. Mom hat mich begleitet. Wir haben mit Hinrich einen Spaziergang durch den Klinik-Park gemacht und die herrliche Vorfrühlingsluft genossen. Und als wir eine kurze Pause einlegten und uns auf eine Bank an einem kleinen Teich setzten, war der Moment gekommen.

Ich kann kaum beschreiben, wie sehr mich der leere Ausdruck in Hinrichs Augen schmerzte. Er brüllte nicht, fluchte nicht, verwünschte niemanden, gab niemandem die Schuld. Er saß einfach nur da, ganz still und zusammen gesunken, und starrte auf das Entenpärchen auf dem Teich, das dort seine stupiden, sinnlosen Runden drehte. Hinrichs Finger krampften sich um das graue Holz der Bank, als wollte er sich an eine letzte Hoffnung klammern. Und er schwieg beharrlich. Ehrlich gesagt, wäre es mir lieber gewesen, wenn er seine Gefühle in Worte gefasst hätte. Mit dieser erdrückenden Stille aber konnte ich nicht gut umgehen.

Als ich kurz Luft holte, um ihn zu fragen, ob alles in Ordnung sei, legte Mom mir die Hand auf den Arm. Ich drehte mich in ihre Richtung und unsere Blicke trafen sich. Sie sagte nichts, schüttelte nur sachte den Kopf.

Sie hatte ja Recht: Jedes Wort würde die Situation nur schlimmer machen. Ich sollte ihm Zeit geben. Die Zeit, die er brauchte, um der Wahrheit, der Realität die Chance zu geben, ihn zu erreichen.

Irgendwann verabschiedeten wir uns von Hinrich. Ich drückte ihm ganz fest die große Hand, die sonst so kräftig zupacken konnte.

„Wir bekommen das hin, Hinrich“, sagte ich leise, aber mit fester Stimme. „Vertrau mir! Meine neuen Freunde und ich haben dir unsere Gartenlaube eingerichtet. Dort kannst du, wenn du willst, erst einmal bleiben.“

Und weil ich plötzlich das Gefühl hatte, Hinrich wäre es unangenehm, wenn er sich helfen lassen müsste, fügte ich schnell hinzu: „Wir würden uns alle sehr freuen, wenn du das Angebot annehmen würdest. Besonders Rüdiger, weil er dich dann jeden Morgen wecken könnte.“

Ein breites Grinsen erhellte ganz kurz Hinrichs Blick.

„Alles weitere wird sich dann zeigen“, beendete ich mein Plädoyer.

Auch wenn es sich so anhörte: So ganz überzeugt war ich von meinen Worten noch nicht. Es gab immer noch zu viele Unsicherheits-Faktoren.

Aber in einem bin ich mir ganz sicher: Das sind alles keine Zufälle. Weder Hinrichs Unfall noch das Feuer. Alle Anzeichen sprechen dagegen. Und ich frage mich die ganze Zeit, was Rüdiger an jenem verhängnisvollen Nachmittag erschnüffelt hat. Wohin ist er verschwunden? Welche Spur hat er verfolgt?

Mein Rüdi ist zwar kein kluger Fernsehhund, aber er ist sehr empathisch und hat eine äußerst gute Nase. Ich beschließe, ihm eine Chance zu geben und außerdem meine Neugier zu befriedigen, indem wir uns gemeinsam noch einmal auf Hinrichs Hof begeben. Ich weiß, dass es nicht erlaubt ist und auch gefährlich. Schließlich wurden die letzten Glutnester erst vor drei Tagen endgültig gelöscht. Aber ich will ja nicht unser Leben oder unsere Gesundheit aufs Spiel setzen. Einfach nur schauen. Und Rüdigers Reaktion abwarten.

Eine Stunde später betreten wir den Weber-Hof. Es ist ein blassblauer März-Nachmittag. In der knorrigen Buchenhecke an der Straße zwitschern ein paar Spatzen aufgeregt zwischen den letzten, verdorrten Blättern, die erfolgreich den Winterstürmen getrotzt haben und sich mit letzter Kraft an die graubraunen Zweige klammern. Die Sonne steht tief und blendet mich, sodass ich nur schemenhaft die Umrisse des Hauses erkennen kann. Oder dessen, was davon übrig geblieben ist. Es sieht aus, als hätte jemand vor Wut mit einer riesigen Faust auf ein Spielzeug geschlagen. Vom Dach existieren nur noch drei oder vier dünne, verkohlte Balken, die wie Mikadostäbchen seltsam bizarr ineinander verschränkt sind. Der Rest der Hölzer wurde entweder vom Feuer verschlungen oder hängt nun lustlos in die darunter liegende Etage. Die Zwischendecke gibt es anscheinend nicht mehr. Beim Näherkommen bemerke ich, dass der Schornstein, in der Mitte des Hauses, den Brand anscheinend unversehrt überstanden hat und nun, wie ein Mahnmal, in den blauen Himmel ragt. Das Glas der Fenster wurde hingegen regelrecht herausgesprengt. Die Eingangstür, welche Hinrich immer so sorgfältig verschlossen hatte und die am Freitag seltsamerweise nur angelehnt war, hat es ebenfalls aus den Angeln gerissen. Es riecht nach Rauch und kalter Asche, nach Schmutz und – ja! - sogar ein bisschen nach Tod und Verwesung.

Mich schaudert es. Ich fühle mich äußerst unwohl und instinktiv greife ich nach Rüdigers Halsband. Mein Hund ist die ganze Zeit brav an meiner Seite getrabt, die Nase dabei immer am Boden.

Ich denke, dass es unmöglich für ihn ist, hier eine Spur aufzunehmen. Alles ist schwarz vor Ruß und das Löschwasser wird den letzten Hauch einer Fährte einfach weggespült haben. Ich gebe die Hoffnung auf, hier in diesem zerschmolzenen Chaos einen Hinweis auf das Geschehene zu finden und will mich gerade umdrehen, um diesen schrecklichen und traurigen Ort zu verlassen. Da greift plötzlich etwas nach meiner Aufmerksamkeit. Etwas, das ich nur mühsam beschreiben kann. Es ist wie ein kurzes Aufblitzen hinter dem Küchenfenster. Als hätte jemand einen metallischen Gegenstand bewegt, damit dieser eine Reflexion erzeugen kann. Aber ich bin mir auch nicht einmal sicher, ob dieses Blinken nicht ausschließlich in meinem Kopf stattgefunden hat. Alles, was ich weiß ist, dass ich schlagartig gebannt bin. Wieder einmal wurde der Hirn-Hauptschalter umgelegt und ich spüre einzig diesen Drang, in die Brandruine zu gelangen, um nach der Ursache dieses Blitzes zu schauen.

Rüdiger scheint zu bemerken, was ich vorhabe und stemmt augenblicklich die Pfoten in den Boden, um mich auszubremsen.

„Was ist denn los?“, frage ich irritiert und versuche, ihn mitzuziehen. Doch er weigert sich strikt.

„Okay, du hast ja Recht. Einer sollte hierbleiben und aufpassen, dass niemand kommt. Immerhin ist das hier strengstens verboten. Außerdem ist es auch viel zu gefährlich. Du wirst dir deine Pfoten verletzen. Das kann ich nicht verantworten.“

Ich lege ihm die Leine vor die Füße. „Pass gut auf!“

Der Befehl ist völlig überflüssig. „Ich bin gleich wieder da.“

Und schon habe ich die zerstörte Eingangstür erreicht und steige über das glitschige, vom Löschwasser durchtränkte Holz in die schmale Diele. Meine Augen brauchen ein paar Sekunden, um sich an die Düsternis zu gewöhnen. Dann erkenne ich die verkohlten Reste der Zwischendecke zum Dachboden, die jetzt zu meinen Füßen auf dem Boden verstreut sind. Ein paar Mauersteine, die aus den oberen Wänden gebröckelt sind, liegen überall dazwischen. Ich klettere vorsichtig über die Hindernisse, werfe einen Blick ins Wohnzimmer, von dem nun nicht mehr viel übrig geblieben ist. Gegenüber spähe ich durch die offene Tür in den Raum, der einmal das Schlafzimmer war. In beiden Räumen sind die Gardinen und alle anderen Textilien regelrecht weggefressen. Nur ein paar schwarze durchlöcherte Lumpen auf den Dielen lassen ahnen, dass hier einmal ein paar Teppiche gelegenen haben müssen. Der Kleiderschrank im Schlafzimmer ist vornüber gekippt und mit der Ecke auf einem der Bettpfosten liegen geblieben. Und was das Feuer nicht verschlungen hat, wurde vom Löschwasser durchtränkt. Mich schaudert es und ich zwinge mich, den Blick von diesem Chaos abzuwenden.

Dann erreiche ich die Tür zur Küche. Sie ist zur Hälfte verbrannt. Der jämmerliche Rest hängt mit letzter Kraft am Türrahmen. Ich schaue mich um. Das Feuer scheint in der Küche ausgebrochen zu sein. Hier sieht es am furchtbarsten aus. Die Küchenschränke, die Stühle, der Tisch, selbst die Wandpaneele sind beinahe restlos verbrannt. Nur der Herd und einige Klumpen verkohlter Geschirrleichen liegen wahllos verstreut herum. In der Decke über mir klafft ein riesiges Loch, durch welches der Märzhimmel in einem leuchtend tiefen Blau schimmert. Von der Decke hängt ein verbrannter Balken einen guten halben Meter vor mir über dem Boden. Ich spüre meinen Puls an den Schläfen wie wild pochen. Als würde er an meine Schädeldecke klopfen, um mich aufzuwecken, damit ich diesem schrecklichen Traum entfliehen kann. Aber ich werde nicht wach. Dies hier ist die Realität. Erschreckend und grausam. Und ich bin mittendrin.

Mir kommen Luisas Worte wieder in den Sinn. Was hatte sie in meinem Traum gesagt? „Es ist in der Küche!“

Eine Gänsehaut prickelt auf meinem Rücken. Die Küche. Sie ist scheinbar der Dreh- und Angelpunkt.

Dies ist der Raum, in dem sich sowohl Hinrich als auch wir uns stets aufgehalten haben. Die Küche kennt ein paar unserer Geheimnisse. In der Küche war es immer angenehm warm, weil ständig ein kleines Feuer in dem alten Herd brannte.

In der Küche haben wir Hinrich bewusstlos am Boden liegend gefunden. Und jetzt scheint es so, als hätten die Flammen, die Hinrichs Heimat, seine sichere Zuflucht, seinen Schutzpanzer zerstört haben, genau hier ihren Siegeszug gestartet.

Ein kurzes Aufblitzen in meinem Augenwinkel lässt mich abermals zusammenzucken. Da ist es wieder! Ich fahre herum und schaue suchend umher. Mein Blick streift die hintere Wand der Küche, wo noch vor wenigen Tagen die Essecke mit dem Stuhlensemble gestanden hat. Die Wandpaneele ist an der Stelle komplett zerstört und gibt die nackte Backsteinmauer frei. Vorsichtig tasten sich meine Augen an der rußig-schwarzen Wand entlang. Von irgendwo dort kam das Blitzen. Langsam gehe ich auf die Stelle zu, steige über zerschlagenes Geschirr, verkohltes Holz, Reste eines Küchenschranks. Ich stehe jetzt ganz dicht vor der Wand und kann den beißenden Geruch von Ruß und Asche kaum noch ertragen. Als würde ich mit dem Kopf in einem Schornstein stecken. Widerlich!

Plötzlich stutze ich und kneife die Augen zusammen. Ist dort nicht eine Lücke in dem Mauerwerk? Auf Höhe meiner Schulter, kaum wahr zunehmen. Von hier muss das Blitzen gekommen sein. Ich strecke die rechte Hand aus und meine Finger berühren die rauen, mit einer klebrigen schwarzen Schicht belegten Steine. Ich atme tief und schließe die Augen, um mich zu konzentrieren. Als ich mit dem Zeigefinger ein wenig in der Fuge kratze, beginnt der trockene Mörtel sofort, geräuschvoll auf den Schutt unter meinen Füßen zu rieseln. Ich kann spüren, wie der Stein sich ganz allmählich aus dem Putz zu lösen beginnt und sich mehr und mehr bewegen lässt. Mit beiden Händen und etwas Ruckeln ziehe ich nun den Stein aus der Mauer. Danach greife ich nach dem nächsten Ziegel darunter und auch dieser lässt sich ohne große Mühe von seinem Platz entfernen.

Ich staune nicht schlecht, als sich das Loch vor meinen Augen mehr und mehr öffnet. Ein Hohlraum ist entstanden und ich bin völlig gefesselt. Ganz automatisch greife ich mit der rechten Hand hinein. Vorsichtig tasten sich meine Finger durch das schwarze Nichts und berühren dann plötzlich einen metallischen Gegenstand. Er fühlt sich kalt an und ein wenig glitschig. Ich greife zu und es gelingt mir, den Gegenstand aus seinem Verlies zu ziehen. Eine flache, silberfarbene Kassette, eine Mischung aus Pralinenschachtel und Schatztruhe, mit einem winzigen Vorhängeschloss kommt zum Vorschein. Neugierig untersuche ich sie. Das Schloss ist offen. Es hätte ohnehin dem kleinsten Gewaltakt nicht widerstehen können.

Schlagartig wird mir bewusst, dass ich es hier mit einem wichtigen Objekt zu tun habe. Mit einem großen Geheimnis – ganz sicher! Ich drücke die Kassette an mich, drehe mich auf dem Absatz um und verlasse auf dem schnellsten Weg diesen schrecklichen Ort.

Draußen auf dem Hof sitzt immer noch mein treuer Hund vor seiner Leine und als er mich sieht, springt er auf und läuft freudig wedelnd auf mich zu. Dass Rüdi die ganze Zeit über so ruhig dort gesessen und gewartet hat, kann nur bedeuten, dass niemand unsere Anwesenheit bemerkt hat. Denn sonst hätte mein Freund mich sofort mit seinem Gebell gewarnt.

„Komm, Rüdi“, rufe ich ihm zu. „Schnell nach Hause! Ich habe etwas entdeckt!“

Schon sprinten wir die Auffahrt hinunter und laufen dann quer über die Straße und drei Häuser weiter in den asphaltierten Weg, der ins Herz des Dorfes führt. Vorbei am „Eier-Hof“, dieser „Tausend-und-ein-unglückliches-Huhn-Legebatterie“, aus deren niedrigen Baracken zu jeder Tageszeit ein jämmerlicher Ammoniak-Gestank und ein noch jämmerlicheres Gegacker quillt. Um die nächste Ecke, vorbei an der alten Villa mit ihren hübschen Säulen links und rechts des Eingangs. Vorbei an der Koppel mit den vier oder fünf übermütigen Fohlen. Vorbei an der alten Schule, in der jetzt eine junge Familie wohnt. Für all das habe ich jedoch heute überhaupt keinen Blick. Ich kenne den Weg und laufe ihn blind. An meiner Seite mein hechelnder Freund. Mein Herz macht vor lauter Aufregung genauso hohe Sprünge wie Rüdiger.

Zuhause angekommen, verschanzen wir uns in meinem Zimmer. Endlich traue ich mich, die geheimnisvolle Kassette zu öffnen. Ich bin gespannt, was so wichtig sein kann, dass irgendjemand es für notwendig hielt, es zu verstecken.

Als ich den Deckel vorsichtig anhebe, knirschen die beiden Scharniere ärgerlich. Dann fällt das Licht meiner Schreibtischlampe auf ein altes, vergilbtes Stück Papier, welches zusammengefaltet flach in der Box liegt. Vorsichtig nehme ich es heraus und falte es noch behutsamer auseinander, weil ich Angst habe, dass es zu Staub zerfallen könnte, bevor ich sein Geheimnis gelüftet habe.

Eine schöne verschnörkelte Handschrift kommt zum Vorschein. „Deutsche Schrift", würde meine Mutter sagen. Und ich weiß es sogar noch besser: Nämlich, dass es sich um „Sütterlin" handelt, eine Schriftart, die bis in die frühe Nachkriegszeit unterrichtet wurde. Unsere lateinische Schrift, wie wir sie kennen, kam erst einige Jahre später an unsere Schulen. Wir haben in Lübeck vor einem halben Jahr die unterschiedlichen Schriftarten kennengelernt. Das fand ich wahnsinnig interessant. An einige Buchstaben kann ich mich auch noch gut erinnern. Aber alles bekomme ich auch nicht mehr zusammen. Deshalb bitte ich Lisa, mir ihr Laptop auszuleihen, damit ich nach dem Sütterlin-Alphabet googeln kann. Und so versuche ich, die Schriftzeichen zu identifizieren und ihren Sinn zu erfassen. Ein bisschen holprig ist es schon, aber mit jedem Wort, das ich mir erarbeite, macht der Brief mehr und mehr Sinn.

Ich weiß nicht so genau, was mich zu dieser Ansicht bringt, aber ich bin felsenfest davon überzeugt, dass das Schriftstück etwas mit Hinrichs Fall zu tun hat.

Ich habe Wort für Wort in meiner eigenen Handschrift auf ein sauberes Blatt Papier übertragen und vergleiche alles wieder und wieder mit dem Original. Ich kann kaum glauben, was ich dort lese. Meine Gedanken schlagen Purzelbäume. Ich bin so aufgeregt und beschließe, mich so schnell wie möglich mit Muffin und den anderen zu treffen, damit wir uns genau überlegen können, wie wir weiter vorgehen. Und morgen wird Hinrich aus dem Krankenhaus entlassen. Vielleicht sind ihm noch einige Details bekannt, die uns weiterhelfen können.

Das Blatt hat sich gewendet. Beinahe wortwörtlich sogar. Und je länger ich darüber nachdenke, desto sicherer bin ich mir, dass jetzt tatsächlich eine große Chance besteht, dass alles gut wird und Hinrich bald all seine Sorgen los ist.

Aber das Ganze muss noch amtlich werden. Immerhin gibt es nun zumindest einen Schimmer Hoffnung.

Ich falte das Papier sorgfältig wieder zusammen und grüble währenddessen darüber nach, wie wir es schaffen könnten, mithilfe dieses Dokumentes unseren Fall zu lösen. Und ich habe da auch schon eine Idee.

9. Kapitel

Von Urkunden und Ursachen

Endlich kommt Hinrich zu uns. Er wird nun in die Gartenlaube ziehen. Die wichtigsten Utensilien haben meine Freunde und ich auch schon für ihn zusammen getragen: Einen Teekessel, Kaffeebecher, etwas Besteck, Geschirr- und Handtücher, Kissen, Bettwäsche, Gläser und, und, und.

Sein Frühstück wird er sich bestimmt in der Hütte zubereiten. Er ist ein extremer Frühaufsteher und wird außerdem dankbar sein, dass er sich eine gewisse Unabhängigkeit bewahren kann.

Zum Abendessen soll er dann aber immer zu uns in den *Lebensraum* kommen. Ich glaube, der unerwartete Familienanhang wird ihm gut tun. Auch wenn er das noch nicht zugeben will.

Am liebsten hätte ich ihm übrigens schon gleich heute Morgen von meiner Entdeckung in seiner Küche berichtet. Aber erstens muss ich heute schon um 7.30 Uhr in der Schule sein, zweitens soll Hinrich erst einmal in Ruhe ankommen und sich ein wenig einrichten, drittens will ich gerne unsere Freunde dabei haben, damit wir alle gemeinsam unser weiteres Vorgehen besprechen können.

Ich kann das Ende des heutigen Unterrichts mal wieder kaum abwarten und rutsche bereits seit der ersten Stunde unruhig auf meinem Stuhl hin und her.

Als ich Muffin und den anderen auf dem Schulhof begegne, tue ich äußerst geheimnisvoll und die drei wundern sich selbstverständlich über mein merkwürdiges Verhalten. Sie versuchen, mir mein Geheimnis mit allen Mitteln zu entlocken. Luisa nimmt ihre Brille ab und bohrt mit ihren wunderschönen, kurzsichtigen Augen tiefe Löcher in meine Stirn, während Julius mich unaufhörlich anblinzelt. Jetzt weiß ich allerdings, dass er das völlig unbewusst macht. Und Muffin legt mir freundschaftlich einen Arm um die Schulter, um mich darauf hinzuweisen, dass wir schließlich ein Team sind. Und Freunde haben keine Geheimnisse voreinander. Aber ich bleibe verschlossen wie eine Muschel. Also bleibt ihnen nichts anderes übrig, als heute Nachmittag zu Hinrich in die Hütte zu kommen. Ich bin gespannt, was sie sagen werden, wenn ich endlich das Kaninchen aus dem Hut ziehe.

Bis dahin müssen wir nun alle noch etwas auf unseren Stühlen hin und her rutschen.

In der zweiten großen Pause gehe ich eilig die Treppe hinunter, weil ich einen Bärenhunger habe und scharf auf eines dieser leckeren Pizzabrötchen bin, die es jetzt täglich auf der Speisekarte gibt. Ich biege um die letzte Ecke und freue mich schon, dass ich tatsächlich einer der ersten hier sein werde. Da spüre ich plötzlich einen heftigen Stoß in meinem Rücken. Ich bin völlig überrumpelt, falle vorwärts, stolpere bei dem Versuch, mein Gleichgewicht nicht zu verlieren, und bevor ich begreife, dass ich gegen die Schwerkraft keine Chance habe, lande ich auch schon auf allen Vieren mitten auf dem Flur vor der Cafeteria. Der Schubs war so heftig, dass ich noch ein ordentliches Stück auf dem Bauch den Flur entlang schliddere. Mein rechtes Knie schmerzt höllisch, denn ich scheine mit meinem ganzen Gewicht darauf gelandet zu sein. Aber das Schlimmste ist, dass mich eine Welle eiskalter Wut überspült. Welcher Idiot...!

Im selben Moment schwant mir Böses. Einen kurzen Augenblick verharre ich in meiner unfreiwilligen Bauchlage, atme tief ein und stütze mich dann ganz langsam auf meinen Händen ab, um mich aufzusetzen. Eine kräftige Hand streckt sich mir entgegen als wollte sie mir helfen. Ich starre auf die halbmondförmigen schwarzen Ränder unter den ungepflegten Nägeln, folge der Linie des Arms, der in einer schwarzen Haut aus speckigem Leder steckt, und blicke an dessen Ende direkt in die dunklen Augen von – Robin! Diesen Typen hatte ich während der aufregenden Ereignisse der letzten Tage völlig aus meinem Gedächtnis verbannt. Blöde nur, dass er einfach weiter existiert und sich keinen Deut um meine aktuellen Abenteuer schert.

Ganz automatisch will ich schon nach seiner ausgestreckten Hand greifen, um mich hochzuziehen, als er diese zur Faust ballt und sie mir drohend vor die Nase hält.

„Hallo Schlaumeier. Ich wollte dich nur noch einmal daran erinnern, dass deine Frist beinahe abgelaufen ist und du mir noch ein wenig Geld schuldest“, raunt er mir mit einem widerlichen Grinsen zu.

Ich starre ihn an und plötzlich beginnt sein Gesicht sich zu verzerren. Seine Pupillen werden gelb und schmal und seine Augen rutschen ganz langsam auseinander, bis sie seitlich am Kopf liegen, dort, wo eigentlich die Ohren sein sollten. Wie gebannt verfolge ich diese Transformation und merke kaum, dass ich den Atem anhalte. Robins Stirn flacht sich ab, der Mund wird immer breiter, die Lippen schmal und schmaler, bis sie völlig verschwunden sind. Seine Zunge schnellt plötzlich zwischen zwei spitzen Eckzähnen hervor. Ich starre völlig hypnotisiert in die glühenden Augen einer Natter. Ein Zischen ertönt, wird immer lauter, schwirrt über mir und füllt schließlich meinen Kopf aus, dass es schmerzt. Instinktiv reiße ich die Hände hoch und halte mir die Ohren zu. Doch das Geräusch schwillt immer weiter an. Die Frequenz wird höher, bis es zunächst ein Quietschen und dann ein irres Kreischen ist. Ich schüttle heftig den Kopf, schließe die Augen und presse mir weiter die Hände auf die Ohren.

Dann wird das Quietschen etwas leiser, bis es nur noch ein jämmerliches Winseln ist. Ich blinzele vorsichtig in die Runde. Das Schlangengesicht Robin ist verschwunden. verwundert starre ich den Flur hinunter. Da erkenne ich einen der Küchenhelfer, der einen altmodischen Teewagen durch die Tür zur Cafeteria schiebt. Als er mitsamt dem Gefährt in dem

Raum verschwunden ist, ist plötzlich auch das kreischende Geräusch beinahe verstummt.

Meine Güte! Was war das denn? Ich beginne allmählich an meinem Verstand zu zweifeln. Oder habe ich einfach nur zu viel Fantasie? Robin nimmt vor meinen Augen ständig irgendwelche beängstigenden, äußerst hässliche Formen an. Eine fiese Natter ist zwar ein guter Vergleich, aber ich hätte nie gedacht, dass er sich mir tatsächlich irgendwann in seiner wahren Gestalt präsentieren würde. Und wohin ist er so plötzlich verschwunden? Schlängelt er sich zwischen den vielen Füßen der Schulkollegen hindurch hinaus auf den Schulhof, um endlich in der Kanalisation zu verschwinden?

Auf jeden Fall ist mir mein Appetit gerade vergangen. Im Gegenteil: Jetzt ist mir sogar speiübel! Und ich befürchte, dass ich nie wieder Lust auf ein Pizzabrötchen haben werde.

Endlich stemme ich mich ganz langsam hoch und versuche, die irritierten Blicke der anderen Schüler, die gezwungen sind, mir auszuweichen, zu ignorieren. Es macht ohnehin niemand Anstalten, mir zu helfen. Als ich mein rechtes Bein belaste, schießt mir wieder dieser heftige Schmerz ins Knie, und ich kann ein lautes Stöhnen leider nicht unterdrücken.

„Alles in Ordnung?“, höre ich eine bekannte, angenehme Stimme hinter mir.

Als ich mich umdrehe, schaue ich in Luisas besorgtes Gesicht. Sie greift nach meinem Arm und versucht, mich zu stützen. Ich spüre, wie mir das Blut siedend heiß in den Kopf schießt und bin ganz sicher, dass mein Gesicht mindestens so aufdringlich glüht, wie ein Warnschild. Sofort senke ich den Blick, weil ich nicht will, dass Luisa bemerkt, wie heftig mein Kreislauf auf ihre Berührung reagiert. Was ist denn bloß los mit mir? Ich bin völlig verwirrt. Beinahe folge ich diesem Impuls, mich einfach loszureißen und davon zu humpeln. Das kann ich aber zum Glück gerade noch so verhindern, indem ich zweimal tief einatme und – während ich die Augen schließe – mir vorstelle, es wäre ein guter Freund an meiner Seite und nicht etwa das hübscheste Mädchen der gesamten Schule.

Klappt! Und ich schaffe es sogar, mich für Luisas Hilfe zu bedanken. Dann erkläre ich ihr kurz, was passiert ist.

„Ach Mist!“, flucht sie. „Den Typen hatte ich auch komplett vergessen! Was machen wir jetzt?“

Sie schaut mich fragend an. Wieder senke ich den Blick, um kein erneutes Erröten zu riskieren.

Ich muss ehrlich gestehen, dass ich im Moment auch keine Idee habe, wie wir mit der Robin-Natter umgehen. Deshalb beschließen wir, dieses Problem erst einmal zu vertagen um uns um wichtigere Dinge, wie zum Beispiel Hinrichs Schicksal, kümmern zu können. Man muss Prioritäten setzen – das sagt mein Vater zumindest immer. Und ich kann mir vorstellen, dass eine Priorität eine ganz besonders wichtige Sache ist.

Luisa begleitet mich noch ein Stück zurück zum Klassenraum, und bevor sie sich auf den Weg zur Sporthalle macht, schaut sie mich noch einmal ganz eindringlich an. Dann sagt sie: „Wir kriegen das hin. Diese Sache mit Robin - und den Fall Hinrich! Kopf hoch! Wir sind schließlich die *Nerd's mit Herz!*“

Dann müssen wir beide grinsen.

„Wir müssen nur zusammen halten. Dann haben diese Verbrecher keine Chance“, behaupte ich also kurzerhand. Und hoffe, dass meine Worte wahr werden. Ich spüre, dass meine Ohren schon wieder ganz heiß sind.

Endlich ist es dann soweit: Mit lautem Hallo, Gebell und überschwänglichen Umarmungen begrüßen Muffin, Rüdi und ich unseren Hinrich in seinem neuen Heim. Dann holen wir es endlich nach, ihm unsere beiden neuen Freunde vorzustellen. Er ist hocherfreut darüber, dass ich in so kurzer Zeit so coole Freunde gefunden habe.

Dampfender Kakao steht auf dem Tisch, ein warmes Feuer knackt in dem eisernen Ofen und verbreitet eine kuschelige Wärme, und aus der winzigen Bluetooth-Box, die Julius mitgebracht hat, ertönt der Soundtrack der „Drei Fragezeichen“-Hörspiele. Und mir fällt ein, dass meine Eltern die früher immer gehört haben.

Es ist eine sonderbare Atmosphäre. Nachdem wir Hinrich so ausgiebig begrüßt haben und er uns zum einhundertsten Mal versichert hat, dass es ihm wieder gut geht, berichtet er uns kurz, dass er vor ein paar Stunden auf seinem Hof gewesen ist, um sich ein Bild von dem Ausmaß der Katastrophe zu machen. Er wirkt noch sehr verstört. Das Bild seiner vernichteten

Existenz muss sich sehr tief eingebrannt haben. Wortwörtlich.

Doch dann hellt sein Blick sich ein wenig auf, als er erklärt, dass seinen Störchen zumindest nichts passiert ist. Und wie durch ein Wunder haben nicht einmal die Nester im alten Garten etwas abbekommen. Jetzt können auch diese Horste in den nächsten Tagen bezogen werden. Ein paar Interessenten gibt es nämlich schon, weiß ich zu berichten.

Dann kehrt für ein paar Momente wieder Ruhe ein. Wir sitzen um den alten Holztisch herum und schauen gedankenversunken in die unergründlichen Tiefen der Kakaobecher. Ich brenne darauf, endlich die Katze aus dem Sack zu lassen, aber irgendwie habe ich das Bedürfnis, diesen Augenblick der Stille so lang es geht zu genießen. Also blicke ich in die Runde und versuche, in den Gesichtern meiner Freunde zu lesen.

Luisa scheint weit weg zu sein, irgendwo hinter den zarten Dampfschwaden, die aus ihrer Tasse aufsteigen. Sie hat ihre Brille abgenommen und die Lider mit diesen langen, dichten Wimpern über den dunklen Augen leicht geschlossen. Eine schwarze Locke ist ihr in die Stirn gefallen, doch sie bemerkt es wohl gar nicht. Was sie wohl gerade sieht? Ich glaube immer noch, dass dieses sonderbare Mädchen ohne seine Brille viel mehr erkennen kann, als die materielle Welt. Vielleicht in etwa so, wie eine Wärmebild-Kamera.

Julius starrt an die Decke, als würde er mit seinem Blick ein Loch in die Holzverkleidung brennen wollen. Seine Augäpfel sind dabei komplett nach hinten verdreht. Das verleiht ihm einen ziemlich satanischen Ausdruck.

Und Hinrich, der auf dem bequemen alten Sofa sitzt, schaut mit zusammen gekniffenen Augen in die Runde und studiert – so wie ich - die Gesichter seiner jugendlichen Freunde. Seine Stirn ist gerunzelt und die buschigen Augenbrauen stoßen in der Mitte direkt über der Nasenwurzel zusammen. Wenn ich es nicht besser wüsste, könnte ich glauben, dass ihn einer von uns sehr verärgert hat. Aber vermutlich überlegt er nur angestrengt, wie es mit ihm und seinen Störchen weiter gehen soll.

Neben Hinrich liegt mein Rüdiger, eingerollt wie ein Hefekringel, die Schnauze auf den Hinterpfoten abgelegt. Seine Augen sind fast geschlossen. Nur ein schmaler Spalt und die unruhige Bewegung unter den Lidern verraten, dass er jederzeit hellwach seinen alten Kumpel beschützen wird.

Mein Blick wandert nun hinüber zu Muffin. Seine Gesichtszüge wirken ebenfalls angespannt und ich bemerke, dass er dieses Schweigen nicht mehr länger erträgt. Er schaut mich - beinahe flehend - über den Rand seines blau-gelb-karierten Bechers hinweg an. Sein Blick verrät die Neugier und Ungeduld. Und schließlich platzt es aus ihm heraus: „Jan hat uns etwas Wichtiges mitzuteilen."

Und wenn es nicht sowieso schon so mucksmäuschenstill in der Hütte gewesen wäre, dann wäre jetzt ganz sicher der Moment, in dem alle gebannt schweigen würden, um nur ja nichts zu verpassen. Die anderen schauen mich plötzlich an.

Rüdiger hat sich abrupt aufgesetzt und reißt die Augen auf. Hinrich zuckt merklich unter Muffins Worten zusammen wie unter einem Schlag.

Ich lasse mir noch einen kurzen Moment Zeit, um mich zu sammeln, weil ich nicht genau weiß, wie ich anfangen soll. Doch dann beschließe ich, einfach loszulegen:

„Ich habe gestern Nachmittag etwas Unerlaubtes getan“, beginne ich also und finde, dass der Begriff „Unerlaubtes“ nicht so kriminell klingt, wie „Verbotenes“.

Dann hole ich tief Luft und erzähle Punkt für Punkt von unserem gestrigen Ausflug auf Hinrichs Hof, Rüdigers Weigerung, mich in die Brandruine zu begleiten, meinen Eindrücken in dem völlig zerstörten Wohnhaus und dass ich das Versteck in der Wand gefunden habe. Die anderen starren mich mittlerweile mit weit aufgerissenen Augen ungläubig an. Doch als ich schließlich die flache Metallkassette auf den Tisch lege und sie ganz langsam zu Hinrich hinüber schiebe, ist die Aufregung vollkommen. Vier Augenpaare fixieren das Kästchen. Eines davon blinzelt ständig nervös. Hinrich hebt ganz langsam den Kopf und schaut mich mit einem Blick an, in dem sehr viel Ratlosigkeit und noch mehr Erstaunen liegt.

„Mach sie auf!“, fordere ich ihn auf.

„Was ist das?“

„Öffne sie einfach. Du wirst schon sehen.“

Ganz vorsichtig und bedächtig, als habe er Angst, etwas kaputt zu machen, fasst er die beiden Blechteile mit spitzen Fingern an und zieht sie behutsam auseinander. Erst weigern sich die beiden Teile, dann geben sie mit einem leisen Knacken nach und lösen sich überraschend voneinander. So überraschend, dass sie Hinrich aus den Händen rutschen und scheppernd auf den Tisch fallen. Das vergilbte, mehrmals gefaltete Blatt Papier gleitet heraus, bleibt kurz vor der Tischkante liegen und bannt nun seinerseits alle Blicke. Hinrich lässt die Luft zwischen seinen gespitzten Lippen pfeifend entweichen. Und ich bemerke, dass die anderen immer nervöser werden. Doch unser Freund lässt sich alle Zeit der Welt und behandelt den Zettel wie ein kostbares Geschenk. Was er ja auch ist. Ein Geschenk. Und kostbar dazu.

Ich versuche erneut, in den Gesichtern meiner Freunde zu lesen. Muffin und Julius scheinen es kaum noch erwarten zu können, dass Hinrich endlich den Inhalt des Schriftstückes offenbart. Vielleicht rechnen sie mit einer Art Schatzkarte und hoffen, dass damit Hinrichs finanzielle Probleme auf einen Schlag gelöst sind, wenn wir auf dem Hof ein paar Goldmünzen ausgraben.

Luisa allerdings sitzt ganz still da und schaut so, als würde sie sehr genau wissen, was das Dokument beinhaltet. Sie ist scheinbar die Ruhe in Person. Und ich erinnere mich erneut an meinen sonderbaren Traum in der Nacht des Feuers, als Luisa auf mich zulief und rief: „Es ist in der Küche!"

Sie sieht oder spürt Dinge, die den anderen verborgen bleiben. Und ich fühle wieder diese tiefe Verbundenheit zu ihr, weil ja auch ich in den letzten Wochen immer wieder Dinge gesehen und gespürt habe, die sich anderen nicht zeigen. Und das Eigenartige ist, dass es mir keine Angst macht. Ganz im Gegenteil: Je öfter dies passiert, desto natürlicher gehe ich anscheinend damit um. Es ist, als hätte ich ein besonderes Talent. So, wie Julius ein Meister auf seinem Skateboard ist und schon jede Menge akrobatischer Tricks beherrscht; oder wie Muffin alle Informationen rund um die Flora und Fauna dieser Welt aufsaugt wie ein trockener Schwamm und die komplizierten Zusammenhänge in der Natur lehrermäßig erklären kann. So haben Luisa und ich eine Art übersinnlicher Fähigkeiten, weil wir ziemlich sensibel sind und Dinge spüren oder sehen, die sich auf einer anderen Bewusstseinsebene abzuspielen scheinen.

Ich weiß: Das klingt irgendwie merkwürdig. Aber anders kann ich es mir nicht erklären. Und ich will es mir gerne erklären können, damit ich nachts gut schlafen kann.

Luisa hebt den Kopf und schaut mich an. Als hätte sie meine Gedanken gehört. Und diesmal weiche ich ihrem Blick nicht aus. Für ein paar Sekunden schwingt ein Gefühl von Vertrauen und Verständnis zwischen uns. Das tut so gut in dieser aufregenden Zeit.

„Lies vor!“, reißt Julius' Stimme mich aus meinen Gedanken. Er sitzt da, die Schultern bis an die Ohren hochgezogen und schüttelt mit diesen etwas abgehackten Roboterbewegungen den Kopf.

Hinrich hat das Papier nun endlich auf Originalgröße auseinander gefaltet. Dann angelt er nach seiner

Lesebrille, klappt sie umständlich auseinander bevor er sich die Bügel mit einer Hand über die Ohren schiebt und blinzelt angestrengt, um die Schrift zu entziffern und zu verstehen, was die Worte ihm sagen wollen. Endlich liest er laut vor, etwas abgehackt und stockend, um die Zusammenhänge zu begreifen:

Vereinbarung
zwischen Clauß-Walther Schütt, dem Eigentümer des Flurstückes „Blekenkamp", welches nördlich an die Mühlenau und südlich an die Mühlenstraße grenzt, und dem Pächter, Johann Weber, wird folgende Vereinbarung getroffen:
Der Pächter verpflichtet sich, das Flurstück zu hegen und zu bewirtschaften und seine Pacht regelmäßig am Ersten eines Monats abzugeben.
Nach Ablauf von 40 Jahren – von heute an gerechnet im Jahre 1980 – und nach strikter Einhaltung der Auflagen wird dieses Flurstück auf meinen ausdrücklichen Wunsch hin das Eigentum des Pächters, meinem Freund und Weggefährten Johann Weber sowie all seinen Nachkommen.
Dieses Schriftstück wird als Beweis für seine Gültigkeit von mir, dem Eigentümer, vom Pächter, Johann Weber sowie dem Rechtsanwalt und Notar Sören Lindemann unterzeichnet.
Darüber hinaus liegt diesem Vertrag eine beglaubigte Abschrift aus dem Grundbuch bei.
Bokel, am 31. März 1940

Unter dem Brief befinden sich ein ausgeblichener Stempelabdruck mit dem Siegel der Kanzlei und die drei unleserlichen Unterschriften, die das ganze anscheinend zu einem rechtsgültigen Dokument machen.

Fassungsloses Staunen erfüllt den kleinen Raum. Selbst Rüdiger sitzt während der Lesung aufrecht und absolut still neben Hinrich und schaut ihm vorsichtig über die Schulter, als könne er ebenfalls lesen und den Sinn der Worte begreifen. Das sieht irgendwie lustig aus und ich muss grinsen.

Dann ist Hinrich fertig, faltet das Papier ganz langsam und vorsichtig wieder zusammen, nimmt seine Brille ab und legt sie zusammen mit dem Brief auf den Tisch.

„Das ist ja ein Ding!“, sagt er dann und lehnt sich langsam zurück. „Walters Vater hat meiner Familie den Hof geschenkt!“

Nun öffnet Rüdiger seine Schnauze und beginnt erwartungsvoll zu hecheln. Dabei zieht er die Lefzen so weit nach oben, dass es aussieht, als würde er lächeln und sagen wollen: Hab ich mir doch gedacht. Alles wird gut! Und als würde Hinrich die Worte hören, legt er seine große Hand auf Rüdis Kopf und krault ihn gedankenverloren hinter den schwarzen Schlappohren.

„Was machen wir nun mit dieser Information?“, fragt Muffin. „Ich verstehe das doch richtig, dass der Weber-Hof und die Wiese und alle Gebäude dort also seit vielen Jahren rechtmäßig Hinrichs Eigentum sind?

Und dass der olle Schütt ihn gar nicht mehr vertreiben kann?“

Ich gebe nun zu bedenken, dass wir zwar eine Art Vertrag oder Testament oder Schenkungs-Urkunde vorliegen haben, dass aber leider das entsprechende Blatt aus dem Grundbuch fehlt. Was ein Grundbuch ist, kann ich – dem Internet sei Dank - den anderen auch erklären. Im Grundbuch sind quasi alle Grundstücke und Häuser oder Wohnungen einer Gemeinde eingetragen. Hier kann man auch erfahren, ob ein Grundstück mit einer Schuld belastet ist und wem es gehört. Dass nun gerade dieser wichtige Auszug aus dem Grundbuch nicht mehr zu finden ist, ist bestimmt keine gute Nachricht.

Doch Hinrich kann meine Bedenken ein wenig zerstreuen: „Ich könnte sicherlich versuchen, einen weiteren Auszug vom Grundbuchamt zu beantragen, um die Eigentumsverhältnisse ein für alle Mal zu klären. Ich werde mich da mal schlau machen.“

Das erleichtert uns schon einmal. Doch es wirft weitere Fragen auf: Was bedeutet es für den alten Stinkstiefel Walter Schütt, dass sein Vater seinem Freund ein großes Stück Land geschenkt hat? Die beiden Männer, so erinnert sich unser Freund, mussten gegen Ende des Zweiten Weltkrieges ihre Familien verlassen, um das Vaterland in den letzten Kriegsmonaten noch zu verteidigen. Vermutlich hat Walters Vater, der damals ein sehr vermögender Bauer war, mit diesem Geschenk die Familie seines Freundes absichern wollen – für alle Fälle, sozusagen. Die beiden Männer kehrten dann aber zum Glück unversehrt nach Hause zurück. Als Walters Vater jedoch bereits 1970 verstarb hatte er es wahrscheinlich einfach versäumt, seinen Sohn über das Geheimnis aufzuklären. Und nur ein paar Jahre später kamen Hinrichs Eltern bei einem Autounfall ums Leben und hinterließen auch ihrem Sohn kein entsprechendes Testament. Und so geriet die Kassette mit ihrem wertvollen Inhalt einfach in Vergessenheit – eingemauert in Hinrichs Küchenwand.

Wie viel Geld Walter nun wohl durch die Lappen geht? Und was wäre dieser bereit zu tun, um das Erbe seiner Familie zu verteidigen?

Es scheint so zu sein, dass wir alle diesem Menschen eine Menge böser Dinge zutrauen.

Wir beschließen also, uns auf Walter Schütt zu konzentrieren und erfahren nun weitere interessante Fakten von Hinrich.

„Walter und ich waren vor vielen Jahren einmal beste Freunde. Kaum zu glauben, oder? Aber ich habe als zehnjähriger Junge eine Zeit lang auf Walter aufgepasst, wenn seine Eltern auf dem Hof viel zu tun hatten und er „im Wege“ war. Walter ist ungefähr fünf Jahre jünger als ich und war damals also ein kleiner Junge. Wir haben uns auf dem Heuboden Höhlen gebaut oder sind in die Mühlenau hinter unserer Wiese gestiegen, um mit unseren Dämmen aus Ästen und Zweigen das Wasser zu stauen.“ Ein leises Lächeln huscht über Hinrichs zerknittertes Gesicht. „Ich habe ihm eine ganze Menge beigebracht. Angeln, reiten, Pfeil und Bogen herstellen und damit auf gefährliche Bäume schießen. Lauter so Abenteuerzeug eben.“

Hinrich schweigt einen kurzen Moment und scheint in der Erinnerung für eine Weile festzuhängen. Dann runzelt er plötzlich die Stirn und fährt schließlich fort: „Das war eine schöne Zeit. Der kleine Walter war ein wirklich lieber und aufgeweckter Junge. Bis..."

Gebannt schauen wir Hinrich an. Der schließt die Augen und atmet tief ein. Dann hält er für ein paar Sekunden die Luft an. Genau wie wir. Keiner traut sich, sich zu bewegen. Die Spannung hängt wie eine fette, schwarze Wolke über unseren Köpfen und wird jeden Moment einfach aufplatzen und eine erschütternde Wahrheit ausspucken.

Julius ist diesmal der Ungeduldigste von uns. Er rollt gefährlich mit den Augen und befiehlt: „Was ist passiert, Hinrich? Sag schon!"

Hinrich schaut ihn an. In seinem Blick liegt eine Mischung aus Erstaunen und Traurigkeit und – ja – auch Erkenntnis. Vielleicht wird ihm tatsächlich jetzt, während er uns diese Geschichte erzählt, erst klar, warum der erwachsene Walter heute so ist wie er ist, überlege ich. Warum er sich Hinrich gegenüber so böse verhält.

Hinrich reibt sich die Stirn. Wie eine Wunderlampe poliert er sie mit der rechten Hand. Vielleicht erscheint nun gleich ein Dschinn oder eine Rauchwolke und offenbart das große Geheimnis. Und tatsächlich:

„Da war dieser Unfall, als Walter mit neun oder zehn Jahren vom Heuboden gefallen ist. Wir hatten – wie so oft – den Nachmittag zusammen gespielt. Ich war als erster auf den Boden geklettert und hatte festgestellt, dass die Leiter ein wenig wacklig war. Sie schien etwas verrutscht zu sein. Ich wollte Walter warnen, aber der war schon dicht hinter mir. Und plötzlich rutschte das verdammte Ding ein Stück zur Seite. Walter schrie vor Schreck laut auf. Ich kniete mich an die Öffnung im Boden und wollte ihm die Hand reichen. Doch er schrie wie verrückt und klammerte sich vor Angst an die Sprossen der Leiter. Ich brüllte ihn an, dass er meine Hand greifen sollte, bevor die Leiter gänzlich zur Seite rutschte. Aber er war völlig panisch und kreischte wie ein Kaninchen in Todesangst. Dummerweise bekam ich ihn nicht richtig zu fassen, weil die Leiter immer weiter von mir wegrutschte. Wie in Zeitlupe. Ich konnte nichts weiter machen, als zuzusehen, wie mein Freund mit weit aufgerissenen Augen zur Seite kippte. Er stieß mit dem Kopf an einen Holzbalken. Es knackte unheilvoll. Dann hörte er auf zu schreien. Zum Glück wurde sein Sturz von einem großen Berg Kartoffelsäcke abgefangen. Sonst wäre er vielleicht gar nicht wieder aufgewacht."

Hinrich stockt. Ich kann sehen, dass er das Szenario in diesem Augenblick noch einmal durchlebt.

„War er schwer verletzt?", fragt Luisa leise.

„Zum Glück nicht. Allerdings hatte er eine dicke Beule am Kopf und war für ein paar Minuten bewusstlos."

Wieder entsteht eine Pause.

„Das kommt mir bekannt vor!", werfe ich in den Raum.

Hinrich rutscht unruhig auf seinem Stuhl hin und her. Er wackelt mit dem Kopf. Wie diese Dackelfigur, die mein ironischer Opi sich einmal als Provokation hinten auf die Hutablage im Auto stellte. Ein komischer Vergleich, denke ich. Aber manchmal reißen die Gedanken einfach aus, wenn es kompliziert wird.

Langsam sammelt Hinrich sich wieder. Er erzählt weiter, doch seine Stimme verrät, dass er verzweifelt nach einem Zusammenhang sucht. Obwohl dieser sich doch aufdringlich präsentiert. Aber das kann doch nicht wirklich so einfach sein. Die Geschichte von damals legt allerdings tatsächlich nahe, dass Walter nach beinahe fünfzig Jahren seinen alten Freund Hinrich für dieses Unglück verantwortlich machen könnte. Doch warum erst jetzt. Das ergibt irgendwie alles noch keinen Sinn. Es fehlt uns ein ganz entscheidendes Puzzleteil.

„Walter lag mit einer Gehirnerschütterung ein paar Tage stramm im Bett. Ich besuchte ihn fast täglich. Doch er war seltsam still geworden. Seit diesem Unfall hat er um die Scheune lange Zeit einen großen Bogen gemacht. Und auf eine Leiter ist er auch nie wieder gestiegen!“

„Damals hat er dir also die Freundschaft gekündigt“, fasse ich zusammen.

Doch Hinrich schüttelt den Kopf.

„Nein. Tatsächlich haben wir uns noch eine Zeit lang zum Spielen und Fahrradfahren verabredet. Ich habe mit ihm Hausaufgaben gemacht und ihm Nachhilfeunterricht in Deutsch gegeben. Aber ungefähr zwei Jahre später, als ich nach meinem Sturz vom Scheunendach im Krankenhaus lag, besuchte er mich ein einziges Mal. Um mir eine merkwürdige Mitteilung zu machen. Deren Sinn ich allerdings immer noch nicht so ganz verstanden habe.“

Er schweigt.

„Was für eine Mitteilung?“, fragt Muffin. „Sag schon!“

Hinrich zieht die Augenbrauen in die Höhe, sodass seine faltige Stirn unter dem Schirm seiner Mütze verschwindet. Er zuckt ein wenig hilflos mit den Schultern. Dann zitiert er beinahe tonlos: „Bilde dir nur nicht ein, dass du zu meiner Familie gehörst! Du bist und bleibst ein armer Weber!“

Wir schauen ihn fragend an. Als er es registriert, bemerkt er nur: „Ich habe meine Eltern damals gefragt, was Walter mir mit dieser Äußerung sagen wollte. Meine Mutter erklärte mir daraufhin nur, dass ich mir keine Sorgen machen müsse. Es wäre für mich gesorgt, sollten sie irgendwann nicht mehr da sein. Daraufhin hat sie mir verschwörerisch zugeblinzelt und gemeint, dass das Allerwichtigste sei, dass ich wieder ganz gesund würde.“

Ratlos blicken wir in die Runde. Wohl ebenso, wie Hinrich damals geschaut haben mag. Dann fügen sich plötzlich vor meinem inneren Auge zwei Puzzleteile aneinander.

„Vielleicht wusste Walter zu diesem Zeitpunkt von dem Vertrag zwischen euren Vätern“, überlege ich laut.

Doch Hinrich wirft ein: „Dann hätte er viel früher versucht diese Urkunde zu finden. Nein, ich denke eher, er hat etwas erfahren, was ihn als pubertierenden Burschen bis ins Mark erschüttert haben muss."

„Vielleicht ein Familiengeheimnis?" ruft Luisa aufgeregt in die Runde.

„Könnte schon sein." Hinrich kratzt sich nachdenklich am Kopf. „Damals hatte quasi jede Familie im Dorf ihre Leichen im Keller. Die meisten Bewohner hatten immerhin mindestens einen Weltkrieg erlebt. Vielleicht könnt ihr euch vorstellen, was für ein großes Chaos herrschte. Menschen wurden für ein paar Kartoffeln verprügelt. Kinder mussten auf den Feldern arbeiten, statt in der Schule lernen zu können. Und noch viele ganz furchtbare Dinge."

Muffin stöhnt: „Puh! Da haben wir es wohl richtig gut, oder?"

„Sehe ich auch so", bestätigt Hinrich. „Da fällt mir noch etwas ein! Es gibt noch jemanden, der uns aus dieser Zeit etwas erzählen könnte."

Jetzt sind wir gespannt.

„Walters Mutter, Ilse Schütt, lebt seit ein paar Jahren im Pflegeheim in Barmstedt. Sie soll zwar schon ein bisschen tüdelig sein – immerhin ist sie ja auch schon mindestens neunzig Jahre alt. Aber wir könnten ihr ja trotzdem mal einen Besuch abstatten. Das wird auch mal wieder Zeit. Was denkt ihr?"

Er schaut uns nacheinander erwartungsvoll an.

Das erinnert mich daran, dass wir zu Walter Schütt auch immer noch kein Gesicht haben. Der liebe, kleine Walter, der vom Dachboden fiel und einen Knacks für's Leben erlitt.

An diesem Nachmittag beschließen wir, die beiden letzten lebenden Mitglieder der Familie Schütt in den nächsten Tagen aufzusuchen und ihrem Familiengeheimnis auf die Spur zu kommen. Wir können es förmlich riechen: Die Lösung unseres Falles ist zum Greifen nah!

10. Kapitel

Von Geschichten und Geheimnissen

Wir haben gelost - und drei Teams zusammen gestellt. Muffin und ich werden Walter Schütt „heimsuchen“. Hinrich wird zusammen mit Luisa zu Ilse Schütt ins Pflegeheim fahren. Und Julius soll sich unterdessen um Rüdiger kümmern und versuchen, die alte Spur wieder aufzunehmen, die mein Hund vor einer guten Woche erschnüffelt hat.

Hinrich hat uns genau erklärt, wo wir Walter finden. Sein Hof liegt ein Stück die Straße runter in dem schmalen Weg hinter der Gärtnerei. Von Hinrichs Wiese aus kann man im Winter, wenn die Bäume kahl sind, das riesige rot gedeckte Dach des Haupthauses erkennen.

Gestern Abend haben wir uns selbstverständlich einen genauen Schlachtplan zurecht gelegt. Wir brauchen schließlich einen Vorwand, unter dem wir bei Walter klingeln können.

Als wir uns dem riesigen Backsteingebäude nähern, sind wir total beeindruckt. Es ist ein quadratischer Kasten, ohne Schnickschnack, mit riesigen, schmucklosen Fenstern, die angewidert in die Welt glotzen. Ein langes Stallgebäude schließt sich direkt dahinter an. Es sieht zwar alles sehr sauber aber trotzdem wenig einladend aus. Kein Laut dringt aus den schmalen geöffneten Stallfenstern zu uns herüber. Ganz sicher gibt es schon seit einer Ewigkeit keine Milchkühe mehr auf diesem Hof. Wahrscheinlich lebt Walter Schütt hier genauso einsam wie sein Nachbar Hinrich.

Wir stehen vor dem zweiflügeligen Eingangsportal und Muffin zögert kurz, bevor er den Messingknopf der Türklingel drückt. Wir zucken augenblicklich zusammen, weil anstatt der erwarteten Bimmel eine tiefe, laute Glocke einen donnernden Dreiklang ertönen lässt.

Das passt wohl ganz gut zu Walters Charakter – laut und abschreckend. Bettler oder die „Zeugen Jehovas" würden spätestens jetzt auf dem Absatz kehrt machen und das Weite suchen.

Nun, wir wollen Walter zwar nicht unseren Glauben aufzwingen, aber wir haben eine Mission. Also harren wir geduldig aus, bis die riesige Tür einen Spalt breit geöffnet wird und dabei dramatisch stöhnt.

Ein Paar hellgraue Augen unter buschigen Brauen schaut erstaunt durch den Spalt und mustert uns kritisch. Ich stutze und bin für eine Sekunde fassungslos. Das kann doch nicht sein! Oder? Aber... das gibt es doch nicht! Meine Gedanken überschlagen sich. Aber nur ganz kurz. Dann öffnet sich die Tür ein ziemliches Stück weiter und ein kantiges Gesicht mit herben Zügen kommt zum Vorschein.

„Was gibt's?", ranzt uns eine bekannte Stimme an.

Walter Schütt – nun hat er also auch ein Gesicht, fährt es mir durch den Kopf.

„Wir... äh, also“, stottere ich, immer noch ein wenig verwirrt.
„Raus mit der Sprache, Junge!“, keift der Alte.
Muffin legt mir seine Hand auf den Arm und übernimmt selbstbewusst: „Entschuldigen Sie die Störung, Herr, äh...“ Er unterbricht kurz, lässt seinen Blick über das Namensschild unter dem Klingelknopf wandern, als müsste er sich noch einmal vergewissern, dass wir an der richtigen Adresse sind. Dann fährt er fort: „Herr Schütt, unsere Schule will einem Ihrer Nachbarn - Hinrich Weber – helfen. Sie wissen ja sicherlich, dass Herrn Webers Haus vor ein paar Tagen ein Opfer der Flammen wurde und der Gute nun völlig mittellos ist. Kein Dach über dem Kopf, kein Geld, keine Kleidung. Nichts, was ihm geblieben ist.“
„Ja!“, poltert Walter nun dazwischen. „Das weiß ich! Was hat das mit mir zu tun?“
„Also, der Schulverein will nächste Woche Sonntag ein Frühlingsfest auf dem Weber-Hof veranstalten, um Spenden für ihn zu sammeln. Deshalb suchen wir noch nach Sponsoren. Ein Blech Kuchen wäre zum Beispiel toll. Und ein oder zwei Kannen Kaffee.“
Muffin lässt sich von Schütt keine Sekunde aus der Ruhe bringen. Er drückt ihm einen unserer handgeschriebenen „Flyer“ in die Hand.
„Hier finden Sie weitere Informationen. Das genaue Datum und die Uhrzeit sowie alle geplanten Aktivitäten“, fährt er unbeeindruckt fort.
Walter runzelt die Stirn – und augenblicklich habe ich wieder dieses eigenartige Gefühl, das mich vor knapp

zwei Minuten schon einmal vor den Kopf gestoßen hat. Doch ich habe keine Zeit, darüber nachzudenken.

„Tut mir leid, Jungs“, meckert Walter, „ich habe keine Kaffeemaschine und Kuchen backen kann ich auch nicht!“

Er schaut uns herausfordernd an und will Muffin schon den Handzettel zurück geben. Da baut dieser sich noch einmal vor ihm auf und sagt: „Tee ist selbstverständlich auch gerne genommen. Also abgemacht: Sie können die Kannen dann einfach mitbringen, wenn Sie zu uns rüber kommen. Vielen Dank.“

In Walters Gesicht verändert sich plötzlich etwas und seine Züge weichen auf. Er hebt den Flyer vor die Augen und wirft nun doch einen Blick darauf.

„Eigentlich eine tolle Idee, Jungs. Seine Stimme klingt auf einmal ganz warm und freundlich. „Finde ich prima, dass ihr dem alten Vogel helfen wollt. Allein schafft er nämlich nichts. Natürlich unterstütze ich eure Aktion. Ist doch schließlich mein Nachbar – der gute Hinrich. Und... also... ehrlich gesagt, fühle ich mich ein bisschen mitschuldig.“

Er senkt die Stimme und den Blick. Und ich will ihm beinahe glauben, dass er ein schlechtes Gewissen hat.

„Ich habe mich in letzter Zeit überhaupt nicht mehr bei ihm blicken lassen. Wie geht es ihm denn eigentlich? Ich wünschte tatsächlich, ich könnte ihm irgendwie helfen.“

„Das ist wirklich ganz furchtbar nett von Ihnen, Herr Schütt“, schleimt mein Kumpel nun weiter. „Nun, im Großen und Ganzen soll es ihm schon wieder sehr gut gehen. Er hatte ja wohl eine Gehirnerschütterung. Das hat uns ein Nachbar gestern erzählt. Und dass angeblich so ganz allmählich seine Erinnerung zurück kommt."

Täusche ich mich, oder ist Walter eben ein ganz klein wenig zusammen gezuckt?

Ich kann förmlich spüren, wie Muffin sich schon innerlich die Hände reibt. Er hat Walter genau da, wo er ihn haben will. Gleich wird er zum ganz großen Schlag ausholen.

„Herr Weber kann ja nun wirklich jeden Cent gebrauchen. Wir haben uns auch schon überall umgehört und erfahren, dass viele Nachbarn helfen wollen, die Kate wieder aufzubauen."

Ich blicke Walter aus dem Augenwinkel an. Er stutzt, scheint etwas einwenden zu wollen. Aber dann schweigt er und wartet einfach ab.

Also fährt mein Freund fort: „Es macht auch ein Gerücht die Runde, dass der Hof nämlich Herrn Weber gehört und dass er an den Verpächter gar nichts mehr zahlen muss, weil dieser schon längst nicht mehr der Eigentümer sein soll."

Zack! Das sitzt!

Muffin macht eine kurze Pause, um Luft zu holen. Er hat sich richtig warm gelaufen.

Walter reißt die Augen auf und sieht aus, wie ein erschrockenes Karnickel im Angesicht eines Raubvogels. Doch im Nu bringt er seine Mimik wieder unter Kontrolle.

„Nun“, sagt er langsam, „das wäre natürlich schön – für IHN. Aber was bringt euch zu der Annahme?“ will der heuchlerische Kerl wissen.

Irre ich mich, oder schwingt da auch eine gewisse Neugier in seiner Stimme?

„Es gibt da wohl ein Schriftstück, welches das beweist. Dieses Schriftstück soll angeblich vor vielen Jahren in Herrn Webers Haus in einer Wand versteckt worden sein“, mache ich mich nun zum allerersten Mal wieder bemerkbar.

Der Alte glotzt mich an, als wäre ich soeben aus einer geheimen Öffnung im Boden aufgetaucht.

„So, so?“, brummelt Walter und wackelt mit dem Kopf.

Muffin und ich wechseln einen vielsagenden Blick. Wir spielen anscheinend unsere Rollen als arglose Kinder perfekt.

„Also, wie schon gesagt: Es ist nur ein Gerücht. Wir haben es zufällig in der Bäckerei gehört. Sie wissen schon: Da wird viel erzählt, wenn die Leute morgens ihre Brötchen holen. “

„Aha? Aber seid ihr nicht neugierig geworden? Warum habt ihr es dann nicht...?“

Und Muffin unterbricht ihn sofort: „Weil das natürlich viel zu gefährlich ist für uns! Das Haus könnte einstürzen! Und...!“

Ich finde, das reicht jetzt. Bevor wir uns doch noch verplappern, rufe ich dazwischen: „So, Muffin, ich glaube, du hast alles gesagt. Und solange die Feuerwehr die Ruine nicht freigibt, kann man sowieso nichts machen.“ Und an Walter gewendet, füge ich hinzu: „Also Herr Schütt, dann nochmals vielen Dank, dass Sie uns helfen wollen. Das ist wirklich super nett. Ich habe allmählich das Gefühl, das wird eine gelungene Veranstaltung.“

„Ja, genau“, pflichtet Muffin mir bei. „Das glaube ich auch. Und falls Sie noch Fragen haben sollten, Herr Schütt: Auf dem Flyer ist auch die Telefonnummer der Elternvertreterin, Frau Fischer, vermerkt. Die dürfen Sie jederzeit kontaktieren.“

Meine Mutter wird sich wundern, denke ich, wenn der Typ bei ihr anruft und wissen will, ob er Schwarztee oder lieber eine Früchtemischung mitbringen soll. Innerlich muss ich grinsen. Und überlege gleichzeitig, ob ich Mom sicherheitshalber noch schnell in unseren Plan einweihen sollte.

Wir verabschieden uns von Hinrichs „nettem Nachbarn“ und wollen uns gerade zum Gehen umdrehen, als plötzlich lautes Gebell ertönt. Ich traue meinen Augen nicht: da kommt tatsächlich Rüdiger auf uns zu gerannt! Und hinter ihm - mit hängender Zunge - Julius, der verzweifelt versucht, den Hund einzuholen.

Ich schnappe nach Luft, denn mir wird schlagartig klar, dass wir jetzt auffliegen werden. Walter wird den pechschwarzen Plüschball ganz sicher wieder erkennen. Und dann wird er begreifen, dass ich nicht irgendein argloser Flyer-Verteiler sondern ein guter Freund von seinem Erzfeind bin!

Fassungslos starre ich Rüdiger an, während der auf mich zu galoppiert. Automatisch will ich meine Hände nach ihm ausstrecken, da schlägt er plötzlich einen

Haken und läuft geradewegs an mir vorbei. Dann macht er einen Satz, springt kläffend an Walter Schütt hoch und versucht, nach ihm zu schnappen. Und dabei behauptet man doch immer, dass bellende Hunde niemals beißen würden. Beim Anblick meines tollwütig wirkenden Hundes bin ich davon aber nun nicht mehr überzeugt.

Walter hat die Arme instinktiv gehoben und versucht verzweifelt, die wütenden Attacken abzuwehren. Er kann ja nicht ahnen, dass Rüdiger sich mitten im Zahnwechsel befindet und im Moment weder Reiß- noch Schneidezähne vorzuweisen hat. Trotzdem ist sich das Tier sicher, unglaublich gefährlich zu sein. Zumindest verfehlt sein Auftritt seine Wirkung nicht.

„Hol den Köter weg!“, schreit Walter jetzt.

Gerade will ich antworten, da bemerke ich, dass er selbstverständlich Julius für den Hundehalter hält.

„Bist du wahnsinnig, die Töle hier frei rumlaufen zu lassen?“ brüllt Walter nun weiter. Seine Stimme überschlägt sich.

Ist der nur wütend oder höre ich da eine Menge Schiss in seinem Gebrüll?

Ich gehe ein paar Schritte zurück, um Julius Platz zu machen, der „seinen“ Hund einfangen muss. Der reagiert souverän, packt das tobende Tier am Halsband und zieht ihn sanft aber bestimmt von Walter fort. Währenddessen ergießen sich heftige Schimpftiraden über ihn, die ich hier nicht wiedergeben will, weil die meisten nicht jugendfrei sind. Er gebärdet sich schlimmer, als eine Umweltkatastrophe. Ich spekuliere, dass das Datum seiner Geburt in den Geschichtsbüchern steht – gleich neben „Hiroshima“ und „Tschernobyl“.

Als Julius einen guten Meter zwischen sich und den rasenden, keifenden Alten gebracht hat, bleibt er noch einmal stehen und schaut sich diese Wiedergeburt von Rumpelstilzchen mit einem recht abschätzenden Blick an. Ich bemerke, dass er gefährlich mit den Augen rollt, bis diese unter der Stirn eingerastet sind. Dieser schauerliche Anblick wiederum bringt Walter nun vollends aus der Fassung. Er fuchtelt mit den kurzen Armen wild in der Luft herum, schlägt sich die flache Hand mehrmals gegen die Stirn, dass es nur so klatscht. Aus seinem weit geöffneten Mund fliegen schrille Kreissägen-Geräusche und eine Menge weißer Schaum. Wird er gleich tot umfallen?

Nun, so schnell fällt ein Walter Schütt wohl nicht um. Er stapft schimpfend und schäumend rückwärts durch die Eingangstür und lässt diese dann lautstark ins Schloss krachen.

Wir treten dann nacheinander ebenfalls den Rückzug an. Selbstverständlich in unseren ausgelosten Zweier-Grüp-pchen, damit Walter – sollte er uns noch beobachten – keinen Verdacht schöpfen kann.

Keiner von uns begreift die verrückte Situation vor Walters Haustür. Was war nur in unseren Rüdiger gefahren, dass er sich so aggressiv gebärdete. Zwar hatte er vor ein paar Tagen schon mit einem unterdrückten Knurren auf Walters Gegenwart reagiert, aber was sich da soeben abgespielt hat, war etwas gänzlich anderes. Und wenn ich ehrlich sein soll, könnte ich sogar verstehen, dass Walter Anzeige erstattet. Dieser Angriff steht in keinem Verhältnis zu – ja: Was eigentlich?

Unten an der Straße beschließen wir, uns etwas später in Hinrichs Hütte zu treffen, um das weitere Vorgehen zu besprechen und von Hinrich und Luisa zu erfahren, wie es ihnen bei Ilse ergangen ist. Wir sind schon wahnsinnig gespannt.

Rüdi hat sich unterdessen wieder etwas beruhigt. Er dreht sich nur immer wieder um und versucht, Julius zum Haus zurückzuziehen - was dieser aber ganz und gar nicht toleriert. Wir nicken uns stumm zu und Julius verschwindet mit Rüdiger in Richtung See, um den Weg über die Bergstraße durchs Dorf zu nehmen, während Muffin und ich den direkten Weg zu mir nach Hause einschlagen.

Als wir kurz darauf in unserem Garten eintreffen – erst Muffin und ich, fünf Minuten später dann Julius mit Rüdiger – sind Hinrich und Luisa schon dabei, den Ofen in der Hütte anzufeuern und ein paar Schoko-Kekse auf kleinen Tellern zu verteilen. Hinrich setzt sich Teewasser auf während es für uns heute Papas selbstgemachten Apfelsaft gibt. Draußen wird es allmählich schummerig.

Luisa kann es kaum erwarten. Sie beißt von ihrem Keks ab und fragt kauend: „Wie war es bei euch, Jungs?“

Und Muffin antwortet dramatisch: „Die Saat ist gesät!“

Ich muss lachen, während Julius die Augen verdreht. Wir erzählen also von unserem relativ gut gelungenen

Auftritt bei Walter Schütt. Dass er nicht mitbekommen hat, dass wir dicke Freunde von Hinrich sind und längst wissen, dass Walter auf jeden Fall ein Motiv hätte, Hinrich aus dem Verkehr zu ziehen.

Dann überlegen wir gemeinsam, was das erschreckende Verhalten von unserem treuen Rüdiger verursacht haben könnte. Also erzählt Julius, dass er zunächst mit Rüdi zum Weber-Hof gelaufen sei, um dort noch einmal um die verkohlten Reste des Hauses herum zu gehen. Rüdiger hätte die ganze Zeit förmlich mit der Nase am Boden geklebt. Und unter dem Küchenfenster sei er dann plötzlich aufgeregt hin und her gesprungen, um dann mit lautem Gekläff die Auffahrt hinunter und ohne Anzuhalten weiter bis zu Walters Haustür zu laufen.

„Fällt euch was auf?“ fragt er in die Runde. Und als er keine Antwort bekommt, zieht er die Stirn kraus, blinzelt nervös und beantwortet seine Frage dann selbst: „Schon wieder die Küche!“

Kein vollständiger Satz, denke ich, aber jeder weiß sofort worauf er hinaus will. Die Küche scheint nach wie vor der Dreh- und Angelpunkt zu sein. Sie ist das Rätsel und die Lösung.

Ich überlege, wie viele Puzzleteile wir bereits haben. Und dass diese immer noch nicht richtig zusammen passen wollen. Irgendein wichtiges Stück fehlt uns noch.

Also wollen wir nun den Bericht von Luisa und Hinrich hören, auf den wir schon gespannt gewartet haben.

„Ich habe Ilse schon eine lange Zeit nicht mehr gesehen“, beginnt Hinrich dann auch sofort. „Das letzte Mal liegt schon ein paar Jahre zurück. Da hat sie noch auf dem Hof gelebt und Walter nach dem frühen Tod ihres Mannes geholfen, das Milchvieh zu versorgen. Da Walter nie geheiratet hat, war Ilse die einzige Frau auf dem Hof. Als die Arbeit ihr mit den Jahren immer schwerer fiel, hat Walter es wohl irgendwann vorgezogen, sie in ein Heim zu stecken.“ Er schweigt einen kurzen Moment. Sein Blick ist gesenkt und er schüttelt sachte den Kopf. „Ich kann kaum glauben, dass sie in diesen paar Jahren so abgebaut hat. Sie ist nur noch ein Schatten ihrer selbst. Aber sie hat mich sofort erkannt. Und ich hatte das Gefühl, dass sie diese unerwartete Situation nutzen wollte, um sich einiges von der alten Seele zu reden, bevor sie... ihr wisst schon, was ich meine.“

Er tauscht einen kurzen Blick mit Luisa, die ihn aufmunternd anlächelt. „Wir haben einen Tee mit ihr getrunken. Und dann hat sie uns eine unglaubliche Geschichte erzählt. Ach, was sage ich: Eine *ungeheuerliche* Geschichte sogar.“ Wieder schweigt Hinrich, greift nach dem Teebeutel in seiner Tasse und lässt ihn gedankenverloren auf und ab tauchen.

Ich bin nun wirklich gespannt. Und ein Blick in die Runde verrät mir, dass es Julius und Muffin genauso geht.

Und endlich beginnt Hinrich: „Ich habe meine Großeltern nie kennengelernt. Die Eltern meines Vaters lebten irgendwo, weit weg, in Bayern. Wir haben uns nie gegenseitig besucht. Und der Vater meiner Mutter war angeblich im Ersten Weltkrieg gefallen, noch bevor er meine Großmutter, Johanna, heiraten konnte und meine Mutter geboren wurde. Johanna konnte dann bei Auguste Schütt – das ist, wie ihr sicher schon ahnt, Walters Großmutter - Arbeit und ein Zimmer bekommen und dort dann auch Ruth, meine Mutter, zur Welt bringen. Auguste war ebenfalls bereits Witwe und hatte einen Sohn: Clauß-Walter.“

Er macht eine kurze Pause, damit wir Zeit haben, den Namen richtig einzuordnen. Als er in unseren Gesichtern lesen kann, dass wir ihm folgen können, nickt er und fährt fort: „Richtig: Das ist Walters Vater. Nun, die beiden Frauen wurden Freundinnen. Sie zogen ihre Kinder in dieser schweren Zeit gemeinsam auf und bewirtschafteten den Hof. Meine Mutter ist also auf dem Schütt-Hof aufgewachsen. Dann wurde meine Großmutter irgendwann schwer krank, als meine Mutter ungefähr sechzehn Jahre alt war. Kurz vor ihrem Tod machte sie Auguste dann ein ungeheuerliches Geständnis: Der Vater ihrer Tochter war niemand anderes, als …“, er holt tief Luft.

Dann platzt es aus ihm heraus: „ Augustes Mann!“

Wie ein Paukenschlag hallt dieser Satz nach. Wir starren Hinrich mit aufgerissenen Augen ungläubig an. Doch bevor ich etwas sagen kann, spricht Hinrich weiter: „Der war nämlich gar nicht als Soldat gestorben, wie immer behauptet wurde, sondern hatte seine Frau verlassen und ein Verhältnis mit der viel jüngeren Johanna – also meiner Großmutter - angefangen. Und als diese dann irgendwann schwanger wurde, hat der Kerl sich klammheimlich aus dem Staub gemacht und ward nie mehr gesehen!"

Hinrich hat die Arme vor der Brust verschränkt und schnaubt empört.

„Unglaublich!", entfährt es mir..

„Aber das würde ja bedeuten ...", ruft Muffin aufgeregt dazwischen.

Hinrich nickt.

„Ganz genau", sagt er dann. „Walters Vater und meine Mutter sind Geschwister. Oder besser: Halbgeschwister."

Dies ist der Moment der Geschichte, in dem es in meinem Kopf plötzlich ganz laut „KLACK!" macht, weil ein Puzzleteilchen an seinen Platz rutscht.

Ich schaue Hinrich mit großen Augen an und stottere: „Soll das etwa heißen, du bist... also: Du bist verwandt mit deinem schrecklichen Nachbarn? Du bist quasi Walters", ich überlege kurz. Dann habe ich den richtigen Verwandschaftsgrad gefunden: „Du bist sein *Cousin*!"

Ich bin ganz aufgeregt! Jetzt wird mir einiges klar. Dieses seltsame Gefühl, das ich hatte, als Walter mich mit seinen hellgrauen Augen musterte. Als wenn Hinrich mich anschaut.

Hinrich zuckt etwas hilflos mit den Schultern. Anscheinend kann er selbst noch nicht glauben, was er erfahren hat und was ihm siebzig Jahre lang verschwiegen wurde.

Dann erzählt er uns noch den Rest seiner Geschichte. Mit jedem Satz verstehen wir mehr Zusammenhänge. Mehr und mehr Puzzleteilchen fügen sich ineinander.

„Ruth blieb bei Auguste und lernte ein paar Jahre später meinen Vater, Johann Weber, kennen, den es als jungen Mann auf der Suche nach einem geeigneten Grundstück für eine kleine Bauernstelle hierher verschlagen hatte. Die beiden heirateten im Frühjahr 1940. Was Ilse nicht wissen konnte, weil sie ihren Mann erst zehn Jahre später kennenlernte: Zu diesem Anlass hatte Clauß-Walther bereits die uns bekannte Schenkungs-Urkunde verfasst, damit seine Schwester und ihre Familie abgesichert wären. Ich wurde dann 1950 geboren. Und fünf Jahre später bekamen dann auch Clauß-Walther und Ilse ihren ersten und einzigen Sohn. Wir wuchsen quasi wie Brüder auf. Und über das Familiengeheimnis wurde nie wieder ein Wort verloren. Bis zu dem Tag, an dem Walter den Unfall in der Scheune hatte. Da geriet das freundschaftliche Verhältnis unserer Familien kräftig ins Wanken. Ilse gab mir die Schuld an dem Unglück. Ihr Mann hatte wahrscheinlich die Hoffnung, dass sich der Streit zwischen den beiden Frauen schlichten ließe, wenn er ihr die Wahrheit über sein familiäres Verhältnis zu Ruth beichtete. Doch leider sorgte er damit wohl eher für eine noch schlechtere Stimmung."

Hinrich atmet hörbar ein: „Ilse machte ihr Herz heute leicht, als sie mir gestand, dass sie Walter immer wieder gegen mich und meine Familie aufgehetzt hätte. Und vor ein paar Tagen hat sie ihrem Sohn dann endlich reinen Wein eingeschenkt und ihm gebeichtet, dass er einen Cousin hat: Mich!."

Mein Herz rast. Mir - und wohl auch allen anderen hier im Raum - wird mit einem Schlag bewusst, dass

Walters Motiv durch diese neuen Fakten so schwer wiegt wie Blei.

Gedanklich fasse ich folgende Fakten zusammen: Die Erkenntnis, dass Hinrichs Grundstück plötzlich so wertvoll sein soll, weil die Gemeinde beschlossen hat, dass man jetzt darauf bauen darf, wird in ihm die Geldgier geweckt haben. Er musste nur noch dafür sorgen, dass Hinrich das Grundstück verlässt. Also lässt er den Pachtvertrag einfach auslaufen. Und es wäre auch alles in Ordnung gewesen, wenn nicht seine Mutter ihm plötzlich offenbart, dass es anscheinend einen weiteren Erben der Schütt-Ländereien gibt. Auf einmal drängte die Zeit. Bevor sein Feind und Nachbar womöglich doch noch erfuhr, dass ihm aufgrund des verwandschaftlichen Verhältnisses ein Erbteil zustünde.

Dafür war ihm anscheinend jedes Mittel recht. Außerdem hatte er die Gelegenheit.

Als ich meine Gedanken laut ausspreche, passiert etwas Seltsames: Hinrich zuckt heftig zusammen. Dann dreht er – wie in Zeitlupe – seinen Kopf und starrt mich an. In seinem Blick erkenne ich Erstaunen. Er reißt die Augen auf.

Dann stammelt er: „Er war da! Walter war bei mir! Er hat... er hat mich angeschrien, ich solle Haus und Hof verlassen! Sofort! Ich habe ihn ausgelacht und verlangt, dass er verschwindet. Da hat er...“

Hinrich bricht plötzlich ab und greift sich mit beiden Händen an den Kopf, als hätte er Schmerzen. Dabei wiegt er den Oberkörper rhythmisch vor und zurück. Vor und zurück. Während die Fingerspitzen kräftig seine Stirn massieren. Es ist, als suche er verzweifelt in den Windungen seines Gehirns nach dem fehlenden Bild. Doch irgendetwas scheint ihn daran hindern zu wollen.

„Du kannst dich wieder erinnern, Hinrich!“, ruft Muffin jetzt. „Walter ist bei dir gewesen, an dem Nachmittag, als wir dich bewusstlos in der Küche entdeckt haben! Deshalb hat Rüdiger so komisch reagiert. Er hatte die ganze Zeit Walters widerlichen Gestank in der Nase. Darum hat er ihn auch heute angegriffen.“

„Und dann?“, frage ich. „Was ist dann passiert, Hinrich? Was hat er getan? Hat er dich geschlagen?“

Jetzt reißt Hinrich die Arme schützend vor sein Gesicht. Als hätte ihm jemand mit der Faust gedroht.

Aber dann scheint er sich wieder zu besinnen. Ganz langsam lässt er die Arme nun sinken. Er blickt sich um. Ein wenig verwirrt schüttelt er den Kopf und greift nach seiner Teetasse. Fast so, als wäre nichts gewesen. Der Spuk ist vorbei. So plötzlich, wie er begann.

Da reißt uns ein lautes Scheppern aus den Gedanken.

„Was war das denn?“, fragt Luisa erschrocken.

Julius springt auf und ist mit einem Satz am Fenster, um nachzuschauen. Doch sofort winkt er ab.

„Alles gut“, sagt er beschwichtigend. „Nur ein umgekippter Eimer. Wahrscheinlich eine Katze.“

Seine Schultern zucken unkontrolliert und als er sich umdreht, sind beide Augäpfel bereits unter den Brauen eingeklinkt und lassen das Weiß gefährlich blitzen.

11. Kapitel

Von Anfang und Ende

Nun ist es also so weit: Unsere Falle soll heute Nacht noch zuschnappen. Wir sind uns sehr sicher, dass Walter keine Zeit vergeuden wird, um an dieses Dokument zu kommen. Heute Nachmittag haben wir ihm den Köder vor die Nase geworfen. Er hat danach geschnappt und ihn sofort geschluckt. Ich bin jetzt wahnsinnig aufgeregt! In meinem Magen rumort es, und ich habe weder Appetit noch Hunger.

Wir haben bereits besprochen, wie wir vorgehen wollen. Wir werden uns gleich bei Muffin zu Hause treffen, weil seine Mutter über Nacht nicht da sein wird. Luisa, Julius und ich haben unseren Eltern bereits gestern erzählt, dass wir bei Muffin übernachten wollen, damit er nicht so allein ist.

Die Wetter-App auf Papas Handy verrät, dass es heute Nacht nicht regnen wird. Die Temperaturen liegen allerdings nur knapp über null Grad. Aber für Ende März ist auch nicht zu erwarten, dass wir im T-Shirt spazieren gehen können. Ich habe mir also meine Winterjacke wieder hervorgeholt und außerdem die dicken selbstgestrickten Wollsocken von Oma in den Rucksack gestopft. Ich hasse nichts mehr, als kalte Füße!

Um 18.30 Uhr ist die Sonne bereits untergegangen. Da es nur leicht bewölkt ist, wird es bis zur absoluten Dunkelheit noch ein wenig dauern. Wir beschließen also, erst gegen 21.00 Uhr zum Hof zu gehen und uns, bewaffnet mit warmen Decken, in der Scheune auf die Lauer zu legen. Ein paar Thermoskannen mit heißem Tee, belegte Brote und etwas Schokolade sollen uns bei Laune halten und die Zeit des Wartens und Ausharrens ein klein wenig verkürzen.

Luisa, Muffin und Julius machen sich nun schon einmal auf den Weg, damit sie noch ein paar Sachen vorbereiten können. Wir verabreden uns zu um 20.00 Uhr bei Muffin zu Hause. Hinrich, Rüdiger und ich werden ebenfalls gleich aufbrechen. Als ich mich von Mom verabschiede, hängt die gerade am Telefon und winkt mir nur geistesabwesend zu. Ihre Lippen formen noch ein lautloses „viel Spaß". Dann konzentriert sie sich wieder auf ihr Gespräch. Ich schaue sie einen kurzen Moment lang an und es gibt mir einen kleinen Stich ins Herz. Ein seltsames Gefühl überkommt mich, etwa wie eine Vorahnung. Als würde ich sie das letzte Mal sehen. Und jetzt möchte ich sie am liebsten noch einmal in den Arm nehmen und drücken und ihr sagen, dass alles gut wird und wir uns morgen früh ganz bestimmt wieder sehen. Na, da würde sie aber komisch gucken!

Aber sie hat mir ohnehin den Rücken zugedreht, und ich stehe nur da wie festgewachsen. Mir ist klar, dass ich in diesem Moment nichts sagen kann und darf. Ich schüttle heftig den Kopf und kann mich so von diesem Gedanken befreien. Hinrich wartet. Also reiße ich mich los und verlasse schnell das Haus. Dieses hübsche, kleine Haus, das so verschmitzt in die Landschaft guckt.

Auf dem Weg zu Muffin verfolge ich noch einen ganz anderen Gedanken. Mir war heute Morgen in der Schule aufgefallen, dass Robin nirgends zu entdecken war. Seltsam! Seine beiden Blindkopien waren ebenfalls nicht in der Schule. Wahrscheinlich haben sie letzte Nacht ein bisschen zu lange gefeiert und heute einfach mal geschwänzt. Wie hat Omi schon immer gesagt: No brain – no pain!

Mir verschaffte das zumindest die Gelegenheit, einmal durchzuatmen. Mein Ultimatum läuft außerdem bald ab, und Robin wird mir keine ruhige Minute lassen, wenn er länger als vorgeschrieben auf „sein“ Geld warten muss. Mir ist – ganz nebenbei bemerkt – immer noch schleierhaft, wie ich mich aus dieser Zwangslage befreien soll. Ich kann schlecht zur Polizei gehen und behaupten, dass ich erpresst werde. Robin würde es selbstverständlich abstreiten und mich in der nächsten Minute auf Links krempeln! Unwahrscheinlich, dass es dann bei einem blauen Auge bleibt.

Ich atme hörbar ein und wieder aus. Jetzt habe ich erst mal andere Sorgen. Robin muss warten.

„Alles in Ordnung, Jan?“

Hinrichs Stimme reißt mich aus meinen Gedanken. Ich fühle mich ertappt.

„Ja, alles gut. Ich bin bloß ziemlich aufgeregt.“

Ich hoffe, Hinrich gibt sich mit der Antwort zufrieden.

„Das glaub ich dir gerne. Geht mir genauso. Ich versuche dann einfach, an meine Störche zu denken."
Er schaut mich an und selbst in der Dunkelheit kann ich seine Augen blitzen sehen. „Jan, wir haben so viel geschafft in diesen Wochen. Ihr habt mir geholfen, alle Nester wieder bewohnbar zu machen. Allein hätte ich das niemals hin bekommen. Ihr habt mir ein Stück Hoffnung zurückgegeben in dieser Zeit. Ich bin fest davon überzeugt, dass wir aus diesem Abenteuer jetzt als Sieger hervorgehen. Wir werden gewinnen. Ganz bestimmt!"
Hinrichs Überzeugung hätte ich jetzt auch gerne. Ehrlich gesagt, mir schwant nichts Gutes. Den Rest des Weges gehen wir dann schweigend nebeneinander her. Das heißt: Ich gehe. Hinrich humpelt mühsam. Stapf – schlurf!
Als wir uns endlich bei Muffin einfinden, gehen wir alles noch einmal systematisch durch. Luisa hat ihr Handy dabei. Sie checkt, ob der Akku voll ist, damit sie Beweisfotos machen und im Notfall die Polizei verständigen kann. Wir sind uns auch einig, dass wir auf keinen Fall versuchen werden, Walter zu überwältigen, während er in der Brandruine nach der Kassette sucht. Wir werden lediglich ein paar Fotos schießen und ihn dann einfach ziehen lassen. Und wenn er dann bemerkt, dass das Schriftstück in der Kassette ein Fake ist, wird er sicherlich versuchen, herauszufinden wo Hinrich sich derzeit aufhält, um dann...
Wozu der geldgierige Kerl am Ende fähig ist, will ich mir, ehrlich gesagt, gar nicht vorstellen.

Hinrichs Grundstück betreten wir nun von der rückwärtigen Seite über die Storchenwiese. Es gibt tatsächlich an der hinteren Wand der Scheune eine weitere kleine Tür. So können wir uns in unser Versteck schleichen, ohne die, von einer Straßenlaterne erhellte, und von allen Seiten gut einsehbare Auffahrt zu nutzen. Wir unterhalten uns flüsternd, während wir die Decken auf den staubigen Strohballen ausbreiten und unseren Proviant darauf verteilen. Ich muss mich räuspern, denn bei dem Gedanken an meinen ersten – unerlaubten – Aufenthalt in diesem Gebäude, fängt es in meinem Hals an zu kratzen.

„Schhhhhhh!", zischt es von allen Seiten.

„Sorry, Leute! Ich habe wohl eine Allergie", entschuldige ich mich sofort.

Luisa schüttelt den Kopf. „Trink was!", befiehlt sie. Ihre Stimme ist nur ein leises Raunen. „Wir können uns nicht erlauben, dass man uns draußen hören kann!"

Das ist mir schon klar, denke ich schuldbewusst und versuche, meine Gedanken mit etwas Erfrischendem abzulenken. Frühlingsregen, knackige Äpfel, Zitronen – klappt!

Ich will die erste Wache übernehmen und schleppe einen Strohballen an die vordere Tür, die ich einen Spalt breit geöffnet habe. Von hier aus hat man einen ausgezeichneten Blick auf die bizarre Silhouette des zerstörten Hauses. Wie spitze Reißzähne nagen sich die verbrannten Balken des Daches in den wolkenverhangenen Nachthimmel. Die schwarzen

Löcher der Fenster glotzen tot und völlig unbeteiligt die Auffahrt hinunter. Wird heute noch jemand diesen Weg zum Haus nehmen? In der trüben Dunkelheit erkenne ich das Türblatt, das leblos vor der Öffnung liegt. Kaum zu glauben, dass wir vor zwei Wochen dort noch fröhlich ein und aus gegangen sind. Vollgepackt mit Proviant und guter Laune. Der Anblick macht mich so unendlich traurig. Da spüre ich plötzlich Rüdigers feuchte Zunge, die meine Finger schleckt. Ungeduldig stupst er seine Nase in meine Handfläche. Trost? Oder Hunger? Da bemerke ich, dass auch mein Magen jetzt leise aber gefährlich knurrt. Außerdem wird es mir allmählich langweilig. Wie lange sitze ich hier eigentlich schon? Müssen Stunden sein, überlege ich.

Ein Blick auf Luisas Handy-Display verrät allerdings, dass ich seit circa zweiundzwanzig Minuten auf meinem Strohballen sitze. Kaum zu glauben! Und wir haben möglicherweise noch die ganze Nacht vor uns! Ich will nach Hause, in mein Bett, unter die warme Decke – zu meiner Mama!

Du bist albern, Jan, schimpfe ich mit mir selbst. Muffin bringt mir einen Müsliriegel und einen Becher süßen Pfefferminztee. Während ich den warmen Duft einatme, starre ich weiter angestrengt in die Dunkelheit. Nichts bewegt sich. Alles ist still. Vor meinem inneren Auge sehe ich die silberne Spardose aus Metall, die bis gestern noch auf meinem Regal stand, in dem Hohlraum in der Küchenwand liegen. Sie ist gefüllt mit einem Stück Butterbrotpapier, welches Luisa kunstvoll mit Brandlöchern und

Fettflecken verziert hat. In geschwungener Schönschrift steht dort:

Lieber Walter, alter Giernacken,

das war wohl nichts. Versuche es im nächsten Level noch einmal. Und pass gut auf Dich auf!

Es warnen und grüßen Dich
Die Hausgeister des Weberhofes

Da wird er ganz schön ins Grübeln kommen, der alte Immobilienhai, wenn nicht das gewünschte Dokument zum Vorschein kommt. Insgeheim freue ich mich schon über sein dummes Gesicht.

Irgendwann ist dann endlich meine Stunde Wachdienst um und Luisa übernimmt. Wir unterhalten uns weiterhin nur flüsternd. Eigentlich kann man gar nicht von einer Unterhaltung sprechen. Bald hängt jeder nur noch seinen Gedanken nach. Hinrich ist derweil sogar kurz eingenickt, wie mir das leise Schnarchen verrät. Rüdiger hat sich neben ihn ins Stroh gekuschelt. Es ist stockfinster in der Scheune. Ich kann nur die Umrisse meiner Freunde erkennen. Hin und wieder raschelt es leise, weil einer von uns sich in eine bequemere Position manövriert oder ein paar Mäuse – oder Ratten? - auf der Suche nach Futter sind.

Die Zeit vergeht schleppend. Mittlerweile ist Muffin auf den Strohballen an der Tür gezogen und Hinrich ist aufgewacht und streckt sich so kräftig, dass seine alten Gelenke nur so ächzen. Es ist beinahe Mitternacht. Draußen herrscht immer noch Totenstille. Walter will uns anscheinend nicht den Gefallen tun, und uns so bald in die Falle gehen.

Weiter kriecht die Zeit. Ich werde unsagbar müde. Plötzlich schrecke ich hoch. Was ist los?

„Psssst!“, zischt Muffin.

Ich bin doch ganz leise, denke ich. Was hat er nur?

„Da bewegt sich was!“, raunt er. Ich kann erkennen, dass er sich ganz weit nach vorne gebeugt hat, um besser durch den schmalen Spalt in der Tür spähen zu können. Mein Herz rast so schnell und laut, dass ich befürchte, dass es vor der Scheune zu hören ist! Wie die Base-Drum eines Schlagzeugs!

Auf Zehenspitzen bewege ich mich auf ihn zu, um ebenfalls einen Blick auf den Hof zu erhaschen. Wie in Zeitlupe, um nur ja kein Geräusch zu machen, taste ich mich vorwärts. Ich stehe nun direkt hinter Muffin und starre in die Dunkelheit. Und starre, minutenlang, ohne zu blinzeln, bis mir die Augen brennen. Doch da bewegt sich nichts. Gar nichts! Es ist totenstill und einsam auf dem Weber-Hof. Nicht einmal ein Mäuschen wagt sich in die Kälte vor das Scheunentor.

„Du siehst Gespenster“, raune ich meinem Freund zu. „Da regt sich nichts.“

Muffin ist enttäuscht. Er sackt ein bisschen in sich zusammen und zuckt mit den Schultern.

Also weiter. Minute um Minute hocken wir in der Kälte, die mir allmählich bis in die Haarwurzeln gekrochen ist. Ich schlinge meine Arme um den Oberkörper und wickle mich fester in die Wolldecke.

Irgendwann ist Julius an der Reihe und tauscht seinen Platz im hinteren Teil der Scheune mit dem leicht vorgewärmten Strohballen an der Tür. Ich döse noch ein bisschen vor mich hin. Langsam bekomme ich schlechte Laune. Die ganze Situation macht mich richtig sauer. Die Kälte nervt genauso wie das unnötige, unerfreuliche, unsinnige Warten auf etwas oder jemanden oder auf den Teufel oder einen seiner Helfer. Je länger ich hier friere und mit den Zähnen klappere, desto sicherer bin ich mir, dass unser guter Walter nicht kommen wird. Er hat wahrscheinlich längst Lunte gerochen und wird selig in seinem Bettchen schlummern, während mir die Pobacken zusammenfrieren.

Hinrich übernimmt jetzt die Stellung. Ich schaue zum x-ten Mal auf das Handydisplay. Nur um festzustellen, dass die Zeit anscheinend gegen uns arbeitet. Es ist erst wenige Minuten nach eins.

Zwei Stunden später haben wir alle die Nasen gestrichen voll. Wir erklären die Aktion kurzerhand für „erfolgreich gescheitert“ und brechen sie im gegenseitigen Einvernehmen ab. Obwohl keiner von uns noch das Gefühl hat, beobachtet zu werden, nehmen wir wieder den Schleichweg über die Wiese und begleiten Hinrich noch zurück zu seiner Hütte. Erst danach wollen wir vier Nerds dann zu Muffin nach Hause, damit niemand auch nur auf die Idee kommen kann, wir hätten etwas Verbotenes getan. Unterwegs beschließen wir, uns morgen, wenn wir ausgeschlafen haben, zu beraten, wie wir weiter vorgehen wollen. Im Moment haben alle jedoch nur noch das Gefühl, dass wir Walter nicht für den Überfall auf Hinrich verantwortlich machen können.

Als wir in der Glückstädter Straße einbiegen, liegt unser kleines Haus mit dem weißen Giebel in völliger Dunkelheit. Die Fensteraugen sind fest verschlossen und mir ist, als würde es leise schnarchen. Wir schleichen vorsichtig am Carport vorbei in den Garten und erreichen gleich darauf die Hütte. Hinrich ist ein paar Schritte vorgegangen, um die Tür aufzusperren – und bleibt plötzlich wie angewurzelt stehen.

„Was ist los?“, fragen wir im Chor.

„Die Tür ist aufgebrochen!“

Für den Bruchteil einer Sekunde erstarren wir in Fassungslosigkeit. Luisa ist die Erste, die reagiert. Sie schaltet die Taschenlampe ihres Handys an und schiebt sich an mir und Hinrich vorbei in die Hütte. Systematisch leuchtet sie in alle Ecken des kleinen Raumes. Der kalte blaue Lichtkegel gleitet über die Stühle, das Sofa, den Tisch, den Ofen. Moment! Noch einmal zurück: Über den Ofen, den Tisch und – da! Das ist es: Auf der Tischplatte liegt die Metallkassette. Ich bin mir ziemlich sicher, dass Hinrich sie in der Schublade unter dem Tisch verstaut hatte, bevor wir aufbrachen. Jetzt liegen beide Hälften achtlos hingeworfen, wie leere Nussschalen, herum. Etwas fehlt. Richtig: Das Dokument! Ich stehe wie hypnotisiert und kann immer noch nicht glauben, was ich da sehe. Oder NICHT sehe! Ein einziger Gedanke leuchtet immer wieder vor meinem inneren Auge auf, wie eine Neon-Reklame: JETZT IST ALLES VERLOREN!

Aus der Tiefe des Gartens dringt plötzlich ein lautes Knacken an mein Ohr, gefolgt von einem unheimlichen Stöhnen. Wie eine unsichtbare Klaue packt uns alle der Schreck und reißt uns aus der Schockstarre. Rüdiger reagiert prompt und knurrt leise aber drohend. Irgendetwas lauert dort unten in der tintenschwarzen Nacht.

12. Kapitel

Vom Verfolgen und Verraten

„Das ist bestimmt wieder diese olle Katze!“, höre ich Julius' Stimme, wie durch einen Wattebausch gedämpft, in mein Ohr dringen.

Eine Katze also? Nur eine doofe Katze, die sich neuerdings ständig hier herumtreibt? Ist das möglich? Oder redet Julius sich das bloß ein, weil er der Wahrheit nicht ins Auge blicken mag?

Und dann begreife ich endlich: Dort in der Dunkelheit, am Ende unseres Gartens, schleicht keine Katze, sondern der Einbrecher und Dieb herum, der uns mit seiner kostbaren Beute zu entkommen droht. Ohne weiter zu überlegen, sprinte ich los. Rüdiger ist an meiner Seite und beginnt jetzt, laut zu bellen. Die Jagd kann beginnen. Dicht hinter mir höre ich Muffin, der schon nach vier Schritten keucht: „Nicht so schnell, Jan! Sei vorsichtig!“

Doch weder Rüdi noch ich sind jetzt noch zu halten. Wir laufen auf den Knick am Ende des Gartens zu und ich erkenne vor mir den Umriss einer Person, die sich gerade durch das Geäst zwängt und auf der anderen Seite über die Weide des benachbarten Bauern zu rennen beginnt. Sie läuft schräg über das Gelände und steuert auf die Straße zu. Kurz darauf erreicht sie den Zaun und setzt mit einem eleganten Sprung darüber.

Dann beschleunigt sie enorm, als sie wieder ebenen Boden unter den Füßen hat. Ich kann die Person trotz der hellen Straßenbeleuchtung nicht erkennen, weil ich ständig über irgendwelche Maulwurfshügel und Grasbüschel stolpere und der Abstand zwischen uns außerdem bereits viel zu groß ist. Aber Rüdiger ist der Gestalt dicht auf den Fersen. Soeben kriecht mein Hund unter dem Stacheldraht hindurch und galoppiert in langen Sätzen über die Straße. Ich versuche ebenfalls, einen Gang höher zu schalten. Jetzt zahlt sich mein jahrelanges Konditionstraining aus. Muffin höre ich viele Meter hinter mir stöhnen und stolpern. Dann bin ich am Zaun angekommen und überlege nicht lange. Ich werfe mich seitlich auf den Boden und rolle mich unter den scharfen Spitzen des untersten Drahts hindurch, während ich laut flehe: „Bitte, lass hier keine Hundekacke liegen!“

Weiter gehts! Hundehaufen oder nicht! Wir müssen den Kerl zu fassen kriegen!

Ich kann ihn gerade noch vorne an der Ecke nach links, Richtung Bushaltestelle und Denkmal, abbiegen sehen. Dann ist er aus meinem Blickfeld verschwunden, und ich gebe noch ein wenig mehr Gas. Rüdiger kann ich auch nicht mehr sehen. Ich höre meinen Atem rasseln. Meine Lunge schmerzt nun allmählich und will aus dem viel zu engen Brustkorb springen. Mir tränen die Augen. Doch ich blende das alles aus. Dann, nach einer halben Ewigkeit, erreiche ich ebenfalls die Straßenecke und bleibe einen kurzen Moment stehen, stütze die Hände auf den Oberschenkeln ab, um nach dem Verbrecher Ausschau zu halten und – um nach Luft zu schnappen! Doch die Straße ist menschenleer. Rüdiger ist ebenfalls verschwunden.

„Wo steckt ihr nur?“, frage ich laut in die Nacht und drehe mich einmal um mich selbst. Zu meiner Linken taucht das dichte Gestrüpp auf, welches das steinerne Kriegsdenkmal einrahmt. Schräg dahinter erkenne ich den kleinen Sandhügel, an dessen Flanke die Rutsche angebaut ist. Daneben, ebenfalls im Dunkel der Bäume und Büsche etwas versteckt, ragt das Holzgerüst mit den beiden Schaukeln empor. Es bewegt sich nichts. Die Nacht drückt alles in den Matsch, bis es leise fiept. Es fiept? Ich lausche angespannt. Das Geräusch wird ein wenig lauter. Ist es nicht eher ein Winseln? Rüdiger!

„Rüdiger?“, rufe ich. „Wo bist du?“

Da löst sich plötzlich ein Schatten aus den Büschen am Denkmal, springt auf mich zu und packt mich im selben Moment an der Jacke. Dann wird mir der linke Arm auf den Rücken gedreht. Ein irrer Schmerz rast in meine Schulter und treibt mir die Tränen in die Augen. Ich gehe automatisch in die Knie und beuge mich soweit zurück, wie es nur geht, um dem Schmerz ein wenig auszuweichen. Doch er wird dadurch auch nicht viel erträglicher.

„Keinen Laut!“, zischt mir eine bekannte Stimme ins Ohr.

Marcel Abrissbirne, errate ich sofort. Wer hat den jetzt freigelassen?

Mein Herz pocht! Das Blut rauscht in meinen Ohren, als hätte jemand den Sender falsch eingestellt. Wie panische Tiere rasen die Gedanken durch das Labyrinth meines Hirns. Das setzt augenblicklich mit Sarkasmus angefüllte Stresshormone frei, bis ich das Gefühl habe, zu explodieren.

Und während dieser billige Abklatsch eines Bombenlegers mich vor sich her drängt und dabei beinahe meinen Arm sauber vom Körper trennt, flüstert er: „Dein Köter wartet auch schon auf dich!"

„Was habt ihr vor, Piggeldie?", will ich wissen und versuche derweil, den rasenden Schmerz wegzuatmen.

„Hä?"

„Du bist doch ganz sicher nicht allein! Wo hast du deine Freunde und meinen Hund versteckt, du Troll?"

Statt einer Antwort versetzt er mir mit dem Knie einen Tritt an den Oberschenkel und zerrt weiter an meinem Arm. Dann stößt er mich noch ein Stück weiter in Richtung Spielplatz. Ungefähr eine Million Fragen blinken hinter meiner Stirn in grellen Neonfarben auf: Wo bleibt Muffin? Hat Abrissbirne das Dokument geklaut? Sind seine krassen Kumpels auch hier? Was wollen die Typen mit dieser Urkunde? Was haben die mit mir vor? Wo sind meine Freunde, wenn ich sie am Nötigsten brauche? Warum bin ich dem Sackgesicht überhaupt nachgelaufen, ohne zu überlegen? Warum haben wir nicht die Polizei gerufen? Und wo – zum Teufel! - ist mein Hund?

„Rüdi!", rufe ich einfach in die Nacht und hoffe, dass mein Hund – egal, in welcher ausweglosen Lage er sich befindet – sich zumindest bemerkbar machen kann. Und tatsächlich: Ich höre wieder dieses

unterdrückte Winseln. Als würde ihm jemand die Schnauze zuhalten.
Im selben Moment zischt Marcel: „Halt's Maul!"
„Niemals!"
Da nimmt Marcel die freie Hand nach oben und umarmt mich stürmisch. Im selben Moment spüre ich etwas Kaltes, Scharfkantiges an meinem Hals.
„Sei still, oder ich schneide dir deinen vorlauten Kopf ab!"
Donnerwetter, was für ein Komiker! Aber zum Lachen ist mir trotzdem nicht zu Mute, denn ich erinnere mich nur zu gut daran, dass mit Mackie Messer nicht zu spaßen ist. Muffin trägt zum Beweis dafür eine fünf Zentimeter lange, schmale Spur im Gesicht. Es bleibt mir also nichts anderes übrig, als dem guten Rat zu folgen.
Plötzlich lösen sich zwei weitere Schatten aus der Dunkelheit vor mir und kommen direkt auf uns zu. Ich muss gar nicht erst lange raten, um welche Figuren es sich in diesem Comic handelt. Völlig klar, dass es Robin und Tom sind, die hier im Gebüsch auf ihren Kumpel gewartet haben.
„Wen haben wir denn da?"
Das ist – richtig getippt – die Stimme von *Strohhut Robin* (ohne Strohhut). Dass dieser Spargeltarzan in seiner speckigen Lederjacke nicht friert, kann ich kaum glauben. Aber wahrscheinlich hat sich das Innenfutter über die Zeit bereits in eine wärmende Moosschicht verwandelt.
Robin kommt noch ein Stück auf mich zu, reckt die Nase vor und schnüffelt dicht vor meinem Gesicht

herum, wie eine Kuh, die sich vergewissern will, dass ich ungenießbar bin.

„Ach, das ist ja unser Grammatikgenie!“, erkennt er haarscharf.

Es klingt wie: „Schenie“ und er tut übermäßig überrascht.

„Schön, dassu da bist. Ich glaub', dieser kläffende Köter gehört wohl zu dir. Na, jetzt ist der auf jeden Fall ganz leise“, feixt er.

„Was hast du mit Rüdiger gemacht?“, schreie ich ihn an. Mein Herz rast vor Angst um meinen Hund. Robin und seinen miesen Monstern traue ich alles zu. Bei jedem Wort, das meine Kehle passiert, spüre ich die scharfe, kalte Klinge an meinem Hals. Doch ich ignoriere sie.

Robin lacht kurz und gehässig auf. Er weidet sich an meinem Leid. Statt mir zu antworten, sagt er: „Du bist mir noch etwas schuldig, Zwerg. Erinnerst du dich an unseren Deal? Fünfhundert auf die Hand. Zum Frühstück. Und bring Brötchen mit. Haha!“

Ich glaube, ich bin in einem ganz schlechten Krimi gelandet. Und der Witz daran ist, dass ich immer noch allein bin! Die restlichen Nerds bleiben unsichtbar. Soviel zu unserem Pakt: Ich für alle – keiner für mich! Ich kann nicht begreifen, dass sie mich tatsächlich im Stich lassen. Keine Ahnung, wie das hier ausgeht. Ganz sicher ist nur eines: Nicht zu meinen Gunsten!

„Julius, alter Affe“, lacht Robin plötzlich. „Wo hast du denn die ganze Zeit gesteckt?“

Ich zucke zusammen, wie unter einem Stromschlag. Und erstarre augenblicklich zu Stein. Hat er tatsächlich „Julius“ gesagt? Ungläubig schüttele ich den Kopf. Ich muss mich verhört haben. Robin geht ein paar Schritte vor, an mir vorbei. Ich spüre jetzt ganz deutlich, dass sich hinter mir jemand vorsichtig bewegt. Aber ich kann mich nicht umdrehen, weil Mackie mir immer noch sein Messer an die Kehle drückt. So weit, wie es geht, versuche ich also, nur die Augen nach rechts zu drehen, um einen Blick auf die Person zu erhaschen. Ich erkenne jedoch nur den Umriss eines Schattens. Es könnte genauso gut ein Baum sein. Oder ein Pferd. Oder...

„Hat alles geklappt?“, höre ich den Schatten fragen.

„Julius?“, brülle ich in der selben Sekunde, in der ich seine Stimme erkannt habe. Und sofort drückt sich die Klinge in meine Haut, dass es nur so brennt. Der scharfe Schmerz frisst sich quer über mein Gesicht, lässt mir die Tränen in die Augen schießen und macht mich für einen Moment völlig hilflos. Eine warme Flüssigkeit rinnt langsam und klebrig an meinem Hals hinunter. Oh Mann! Ich blute! Das muss ein richtig schlechter Traum sein. An diesen naiven Gedanken klammere ich mich gerade. In der Hoffnung, dass ich nun jeden Moment aufwache. Und währenddessen überlege ich krampfhaft, in welchem Moment ich wohl eingeschlafen sein muss. Wahrscheinlich war es in der Scheune, als ich stundenlang auf dem Strohballen gehockt habe. Doch wie kann es dann sein, dass meine Nerven mir ein derart realistisches Signal senden? Mit anderen Worten: Warum tut es so verdammt weh? Also verhalte ich mich lieber absolut ruhig und warte ab, was als nächstes passiert.

„Wir haben das Dokument“, höre ich Marcel dicht an meinem Ohr antworten. „Die Show kann beginnen.“

Also hatte ich Recht: Marcel war in der Hütte und hat die Urkunde geklaut. Na warte, Arschloch!

„Wir müssen uns beeilen!“, drängelt Julius nun. „Bevor Luisa womöglich die Bullen ruft.“

„Ich wusste schon, warum ich ihr das Handy abnehmen wollte“, überlegt Robin laut. „Also los, worauf warten wir?“

„Was machen wir mit dem Zwerg und seinem Köter?“, will Marcel wissen.

„Binde ihn doch einfach ans Denkmal. Dann kann er auf seine Dreckstöle aufpassen, solange die schlummert. Irgendwann wird sie schon jemand hier finden. Dann ist unser Projekt aber längst abgeschlossen und keiner kann uns noch was.“

„Ich habe keinen Strick mehr“, jammert Marcel.

Und ich heule: „Was habt ihr mit Rüdiger gemacht?“

Robin ignoriert uns beide. Stattdessen tritt er auf uns zu und nimmt seinem Kumpel mit einer eckigen Bewegung das Messer aus der Hand. Ich spüre, dass mein Peiniger genauso verblüfft ist, wie ich, bleibe aber ganz still und tue so, als hätte ich die scharfe Klinge immer noch an der Gurgel. Robin geht zur Schaukel, hebt das Messer über seinen Kopf und packt mit der anderen Hand das Seil der Schaukel. Dann schneidet er es mit einem wütenden Streich direkt unter dem Metallhaken ab. Er packt die Sitzfläche und wiederholt die Aktion am anderen Seilende. Als er den Strick vor unsere Füße wirft, wie eine tote Schlange, sagt er: „Bitteschön, Professor. Improsivation ist alles!“

Ich beiße mir auf die Lippe. Er wollte wohl mal so richtig auf den Putz hauen mit seinem Fremdwort. Voll daneben gegangen, Alter! Improvisation! Es heißt IM – PRO – VI - SATION, du Kellerassel! Und bedeutet, dass du, wenn die Situation ausweglos ist, zurück unter deinen Stein kriechen solltest. Das ist zumindest *meine* Interpretation. Noch so ein Fremdwort. Schluss jetzt, Fischer! Konzentriere dich lieber! Dies hier ist immer noch *deine* fast ausweglose, brenzlige Lage, in der *du* dich befindest. Von Rüdiger ganz zu schweigen. Da leuchtet ein kleiner Hoffnungsschimmer vor mir auf: Robin hat das Messer zusammen mit dem Seil einfach ins Gras fallen lassen.

„Okay, Alter. Sieh zu, dass du den Typen verschnürt kriegst! Julius soll dir helfen. Tom und ich gehen schon mal vor.“

Aha, denke ich, jetzt wird es interessant.

Robin und sein schweigsamer Schatten-Ritter verlassen nun umgehend die Bühne und verschwinden Richtung See in der Dunkelheit. Marcel Abrissbirne wickelt derweil einen Arm um meinen Hals, weil er sein Messer immer noch vermisst. Ich hoffe, dass ihm entgangen ist, wo es liegt. Dann fasse ich mir ein Herz und beginne eine ernsthafte Unterhaltung mit dem ehemaligen Nerd: „Du hast also die Seiten gewechselt, Julius? Zahlt dein neuer Auftraggeber etwa m...?“

Im selben Moment bleibt mir die Luft weg und das letzte Wort ist nur ein kurzes Röcheln. Marcel hat mich tatsächlich richtig im Schwitzkasten und schnürt mir einfach die Kehle zu. Ich habe gar keine Chance, mich aus seiner liebevollen Umarmung zu befreien, weil er mir den linken Arm, den er ja auch immer noch im Griff hat, zusätzlich noch ein Stück weiter nach oben dreht, sodass mein Schultergelenk empört knackt und stechend schmerzt. Julius antwortet nicht. Ich wette, er rollt seine Augen mal wieder so weit nach oben, bis sie, wie immer, unter den Brauen eingerastet sind und nur das Weiß gefährliche Leuchtsignale in die Nacht schickt.

Doch ich gebe so schnell nicht auf. Ich will wissen, wie das passieren konnte, dass er einfach mal so zum Feind überwechselte.

„Nun rede schon!“

Wieder schneidet Marcel mir die Luftzufuhr ab. Allmählich wird mir übel. In meinem Schädel dröhnt es und mein Mund ist ganz trocken. Außerdem wird mir kalt. Doch die beiden Spackos kennen keine Gnade. Im Nu hat Abrissbirne aus mir ein handliches Paket geschnürt und mich direkt vor dem Gedenkstein zwischen einigen alten, vertrockneten Blumenkränzen deponiert. Für solche Mafia-Methoden ist der Knabe anscheinend echt gut zu gebrauchen, geht es mir durch den Kopf. Während Tom der Schildträger ist und seinem Anführer den Pöbel vom Hals hält. Aber welche Rolle, in Herrgottsnamen, spielt der Skateboard-Künstler in dieser Gang? Ist er vielleicht so etwas wie der Pausenclown? Wenn der Chef sagt:

„Tanz!“, dann springt er aufs Board und macht ein paar Kunststücke? Aber es kann doch nicht sein, dass Julius so tief gesunken ist! Oder etwa doch?

„Gib mir mal dein Stirnband, Jule!“, befiehlt Mafia-Marcel jetzt dem Neuzugang.

Aha: Die Jule also, denke ich grimmig.

Julius gehorcht aufs Wort und zieht sich mit einer lässigen Bewegung das Stirnband vom Kopf. Marcel reißt es ihm im selben Augenblick ungeduldig aus der Hand und beginnt, an dem Knoten herumzuzippeln. Ich verfolge die Aktion gespannt und versuche es meinerseits mal mit einem Befehl: „Los, ihr Penner! Macht mich sofort wieder los! Das ist allmählich kein Spaß mehr! Ich wette, hier wimmelt es gleich von Polizei und Spürhunden, dass euch die Faxen ganz schnell vergehen!“

Ich bin maßlos enttäuscht und sauer.

„Hör auf zu sabbeln!“, schnauzt Marcel.

Und im nächsten Moment hockt der Typ neben mir und stopft mir brutal Julius Stirnband in den halb geöffneten Mund. Ich bin völlig erschrocken. Versuche, das Stück Stoff mit der Zunge wieder hinaus zu drücken. Vergeblich. Marcel verschnürt die beiden Enden fest hinter meinem Kopf, dass meine Mundwinkel so weit auseinandergeschoben werden, bis ich ganz deutlich spüren kann, dass sie einreißen. Ein weiterer höllischer Schmerz lässt mich brüllen. Doch mehr, als ein dumpfes Stöhnen ist Dank der Schalldämpfung nicht mehr möglich.

„So, das sollte dich erstmal etwas beruhigen, Zwerg.“

Dann steht er auf, betrachtet mich noch einmal, reibt sich zufrieden die Hände und dreht sich dann zu Julius um. „Auf geht`s, Alter. Die anderen warten schon.“

Und damit setzen die beiden sich ebenfalls in Richtung See in Bewegung. Und lassen mich allein zurück. Die Kälte kriecht mir erbarmungslos in die Glieder. Ich muss mich bewegen, denke ich. Sonst werde ich erfrieren! Also zerre und ruckle ich an meinen Fesseln. Die Arme hat mir der Klugifax natürlich auf den Rücken gebunden und ein Ende des Seiles um meine Fußgelenke geknotet. Auf diese Weise kann ich nur seitwärts schlängeln, wie eine Sandviper. Nur nicht so elegant geschweige denn so effektiv. Bis zum frühen Nachmittag könnte ich es in diesem Tempo bis an die Straßenecke schaffen. Von dort dann vielleicht per Anhalter. Falls mich überhaupt jemand bemerkt. Ich bin völlig verzweifelt. Mir tut alles weh. Und das Tuch in meiner Mundhöhle schmeckt und riecht ranzig. Ich muss mich konzentrieren, will gar nicht wissen, was Julius sich in die Haare schmiert oder wann er die das letzte Mal gewaschen hat und hoffe, dass mir nicht übel wird. Wenn ich mich jetzt übergeben muss, werde ich qualvoll an meinem Mageninhalt ersticken. Ich atme tief ein und aus und versuche, den Geruch zu ignorieren. Ganz schwierig! Die letzten Müsliriegel wollen anscheinend nicht bei mir bleiben. Und jetzt muss ich auch noch pinkeln! Verflucht! Die einfachsten und elementarsten Bedürfnisse eines Menschen sind mir im Augenblick verwehrt! Ich wusste gar nicht, wie weh es tun kann, wenn ein paar

Körperflüssigkeiten sich ihren Weg bahnen wollen. Vielleicht hilft es ein bisschen, wenn ich leise vor mich hin heule? Das könnte den Innendruck eventuell ein wenig senken. Und wie auf Kommando brechen sich heiße Tränen ihre Bahn. Und ich nehme immer wieder alle Kraft und alle Wut zusammen, ziehe die Oberschenkel an, dass es an meinen Handgelenken reißt und mir das Seil in die dünne Haut schneidet. Dann verlagere ich das Gewicht von den Schultern auf die Knie und versuche so, mich einen Zentimeter weiter vorzuschieben. Meine Tränen fließen und fließen. Lautlos. Die Quelle eines salzigen Baches, die links und rechts meiner Nasenwurzel entspringt. Schon merke ich, dass meine Schleimhäute anschwellen, sodass ich kaum noch Luft bekomme. Auch das noch! Schnell ziehe ich den Rotz hoch, bevor die Nase dicht ist. Also konzentriere ich mich wieder auf die Schlängelei. Ich muss irgendwie bis zur Straße kommen. Und wenn es das Letzte ist, was ich in meinem viel zu kurzen Leben zustande bringe.

Da höre ich plötzlich ein Rascheln. Das kam aus den Büschen auf der linken Seite des Denkmals. Irgendetwas hat sich dort bewegt. Da ist doch jemand! Bestimmt ein Hundebesitzer, der auf der nächtlichen Gassirunde durchs Dorf schleicht. Ich muss mich irgendwie bemerkbar machen. Das ist meine Chance.

„Mmh!“, rufe ich in die Dunkelheit. Und noch einmal: Mmmmh Hmh!“

Mein Knebel dämpft jeden Laut. Ich werde panisch, habe Angst, dass man mich nicht hört und versuche, mich noch ein Stück näher an die Straße zu schlängeln. Dabei trommele ich mit den Stiefeln auf den Boden und gebe weiter diese merkwürdigen Laute von mir. Und plötzlich...

„Jan?“

Stille.

„Jan, bist du das?“, fragt die Stimme, die mir so wunderbar bekannt ist. In diesem Moment die wahrscheinlich lieblichste Stimme der Welt.

„Muffin! Hier bin ich!“, will ich schreien. Doch selbstverständlich reicht es nur zu einem: „Mhmh! Mmh mmh mmh!“

Schon sehe ich sein Gesicht über mir, zuerst nur ein Schatten, dann ein heller Vollmond, der durch das Dickicht leuchtet. Am liebsten hätte ich seinen Kopf in beide Hände genommen und abgeknutscht! Aber mir sind ja immer noch die Hände gebunden. Und dann geht alles ganz schnell. Muffin schiebt seinen schmalen Körper durch die Sträucher, hockt sich neben mich und tastet als erstes nach dem Knoten des Knebels, um mir das Sprechen und Atmen wieder zu ermöglichen.

„Wo warst du die ganze Zeit, Muffin?“

„Tut mir leid, Jan. Ich bin auf der Wiese gestolpert und habe mir den Fuß verstaucht. Konnte gerade noch so humpeln. Das hat mich bestimmt sechs oder sieben Minuten gekostet!“

„Wo sind die anderen?“

„Luisa wollte die Polizei rufen. Und dann nach uns schauen. Die müssten auch jeden Moment eintreffen.“

„Dahinten liegt ein Messer. Das hat Robin dort hingeworfen. Damit kannst du den Strick durchschneiden. Wusstest du, dass Julius uns verraten hat? Er ist Mitglied in der Robin-Gang! Und irgendwo hier neben mir muss Rüdiger sein. Die haben irgendwas Fieses mit meinem Hund gemacht! Die Schweine!“ Ich rede und rede und merke gar nicht, dass mir die Tränen wieder laufen, während Muffin sich an meinen Fesseln zu schaffen macht. Endlich spüre ich, dass meine Hände frei sind und reibe unwillkürlich die brennenden Handgelenke. Dann zappel ich mit den Füßen, damit sich der letzte Rest des Strickes ganz schnell löst. Ich springe auf.. Gerade noch rechtzeitig schaffe ich es, mich umzudrehen und meine Blase am nächsten Baum zu entleeren. Ich glaube, ich verdrehe in diesem Moment meine Augen ungefähr genauso grotesk, wie Julius. Nur dass ich dabei ein Stoßgebet zum Himmel schicke, weil ich jetzt in vielerlei Hinsicht erleichtert bin.

Muffin macht sich derweil, auf allen Vieren kriechend, hinter dem Denkmal zu schaffen und scheint etwas entdeckt zu haben.

„Ich habe ihn gefunden! Jan! Rüdi liegt hier! Komm schnell! Ich glaube, er … “

Dann bricht er ab.

Mir rast das Herz. Was ist los? Was ist mit Rüdi? Ist er etwa...? Ich wage nicht, diesen Gedanken zu Ende zu denken. Während ich noch den Reißverschluss meiner Jeans hochziehe, stürze ich schon hinüber zu dem Gedenkstein und lasse mich dahinter auf die Knie fallen, um nach Rüdiger zu tasten. Da berühren meine

Finger schon sein Fell. Ich greife hinein. Es fühlt sich ganz kalt an und feucht. Meine Hände tasten über den regungslosen Körper.

„Bitte, bitte!“, flehe ich laut. „Nicht sterben! Rüdi! Du darfst nicht sterben!“

„Warte!“, sagt Muffin dann. „Ich glaube, er atmet.“

Tatsächlich. Jetzt spüre ich es auch. Ganz leicht hebt und senkt sich sein Brustkorb. Es ist immer noch stockfinster. Die nächste Straßenlaterne ist ungefähr fünfzig Meter hinter den Bäumen versteckt. So können wir uns nur tastend über Rüdigers Zustand informieren.

Und dann taucht plötzlich ein hektisches, blaues Flackern die Nacht in ein gespenstisches Licht. Die Rettung! Endlich!

13. Kapitel

Von Schlüsseln und Schlössern

Ich kauere, eingehüllt in eine graue Filzdecke und mit einem Becher heißen Tee in der Hand, auf der untersten Stufe des Rettungswagens. Die Wunde an meinem Hals ist verarztet. Zum Glück ist es nur ein oberflächlicher Kratzer. Meine Schulter schmerzt heftig. Außerdem ist mir schrecklich übel und ich zittere unkontrolliert am ganzen Körper. Neben mir, ebenfalls in eine Decke gewickelt, liegt mein Rüdiger und schaut ziemlich benommen in den Morgenhimmel. Ich bin so wahnsinnig dankbar, dass er noch lebt. Und das hat er Muffin und dessen Allgemeinwissen zu verdanken. Ich hatte ja keine Ahnung, dass man auch bei Tieren *Erste Hilfe* anwenden kann. Doch mein Freund brachte den bewegungslosen Hund, nachdem wir ihn gefunden hatten, sofort in eine stabile Seitenlage und stopfte unsere Jacken unter seinen schlaffen Körper, damit der Kopf etwas tiefer lag. So könnten Körperflüssigkeiten, wie Blut oder Erbrochenes, im Falle eines Falles besser abfließen, erklärte er mir. Dann öffnete er dem bewusstlosen Tier den Fang und zog die Zunge soweit heraus, dass meinem Hund das Atmen etwas leichter gemacht wurde. Er blieb solange bei Rüdiger hocken und hielt seinen Kopf, bis sich irgendwann ein Sanitäter um meinen Hund kümmerte.

Ich war unterdessen schnell an die Straße gelaufen, um mich dem herannahenden Streifenwagen bemerkbar zu machen. Als die beiden Beamten aus dem Wagen gesprungen waren und auf mich zuliefen, bin ich direkt vor ihnen zusammengesackt wie ein nasser Mehlsack. Meine Knie fühlten sich an, als wären sie aus Wackelpudding. Und dann ist für einige Minuten der Film einfach gerissen und auf der Leinwand erschien ein Schneesturm, der alles in ein hellgraues Rauschen hüllte. Ich kann nicht mehr sagen, wann Luisa und Hinrich auf der Bildfläche erschienen waren. Oder wie lange es gedauert hat, bis der Rettungswagen eintraf. Und als dann plötzlich auch noch meine Mom vor mir hockte, mich mit tränenüberströmtem Gesicht anblickte und irgendetwas stammelte, das wie ein Sturzbach aus dankbaren Worten und halbherzigen Vorwürfen klang, da fing auch ich hemmungslos an zu heulen.

Jetzt sitze ich also hier, eingemummelt und trotzdem frierend, erleichtert und mit leerem Kopf, und versuche, die Situation zu begreifen. Ich strecke vorsichtig den Arm aus und berühre Rüdi ganz leicht am Kopf. Er zieht die Lider ganz weit nach oben und versucht, mich anzuschauen. Da hocken wir nun, wie zwei Gestrandete, die ein wütendes Meer angewidert in den Sand gespuckt hat. Und genauso fühle ich mich gerade: Wie ausgekotzt!

Mittlerweile ist das halbe Dorf auf den Beinen. Die frühen Brötchenholer und Gassigänger schleichen an uns vorbei, bleiben kurz stehen, werfen einen irritierten Blick auf die Szenerie und versuchen, sich einen Reim darauf zu machen. Einer unserer Nachbarn, der sich mit meinem Paps angefreundet hat, kommt zu uns herüber und erkundigt sich teilnahmsvoll. Er schüttelt fassungslos den Kopf, als er von Hinrich die Kurzversion der nächtlichen Ereignisse erfährt. Mein alter Freund ist bei seinen Ausführungen äußerst vorsichtig, um uns nicht allzu sehr in Verlegenheit zu bringen. Immerhin haben wir uns selbst in diese brenzlige Situation manövriert. Ohne das Wissen unserer Eltern. Und das war ganz sicher keine so gute Idee. Dass sich Typen wie Robin und Marcel, deren Erziehungsberechtigte sich einen Dreck für ihren Nachwuchs zu interessieren scheinen, nachts draußen herumtreiben, ist ja fast noch nachvollziehbar. Doch meine Freunde und ich gehören eigentlich zu den gut behüteten Kindern. Zu denen, die nichts ausfressen, keine Dummheiten machen und nachts in ihren warmen Betten liegen. Da fällt mir Julius wieder ein. In welche Kategorie gehört eigentlich unser Überläufer? Wenn ich es mir recht überlege, habe ich überhaupt keine Ahnung, in welchen familiären Verhältnissen dieser Bursche so lebt. Ein wenig gestört scheint er ja auch zu sein. Kurze Hosen im Winter, das Skateboard statt einer Schultasche unterm Arm und dann diese ständigen Gesichtsentgleisungen. Das ist ja schon irgendwie speziell. Vielleicht ist „Jule“ ja aber auch völlig überbehütet. Man hört ja immer wieder von diesen schrecklichen Helikopter-Eltern, die immer und überall zur Stelle sind. Solchen Spionen muss man wahrscheinlich erst einmal entkommen. Ich kann mir gut vorstellen, dass man auf der Flucht vor Mami und Papi schon mal die Orientierung verlieren kann. Vielleicht sucht so einer das Abenteuer um jeden Preis. Na ja, wie gesagt: Ich weiß nicht viel über ihn. Und dafür schäme ich mich sogar ein bisschen. Immerhin sind wir schon seit einigen Wochen befreundet. Okay, stimmt schon: *Ein paar Wochen* sind jetzt nicht so ein langer Zeitraum. Und wir *waren* befreundet. Dieser Gedanke macht mich nun traurig. Ich kann immer noch nicht glauben, dass Julius sich so plötzlich gegen uns gewendet hat. Oder hat er schon immer zu Robins Anhängern gehört? Wurde er vom Feind wie ein Agent bei uns eingeschleust, um an interessante Informationen zu kommen? Mir wird ganz schwindelig und in meinem Kopf beginnt es zu pochen.

„Du bist Jan, richtig? Jan Fischer?“, reißt mich eine angenehme, weibliche Stimme aus meinen Gedanken.

Ich hebe den Kopf und schaue in das schmale Gesicht einer jungen Polizistin. Sie lächelt mich freundlich an. Ich kann nicht lächeln. Mein Gesicht ist wie eingefroren.

Das scheint sie zu registrieren und sagt: „Na, das war ja wohl ein riesiges Abenteuer, heute Nacht, oder? Wir haben auch noch einige Fragen an dich und deine Freunde. Aber ich denke, ihr solltet euch jetzt erst einmal ausschlafen. Es wäre schön, wenn ihr dann morgen Nachmittag zu uns auf die Wache nach Elmshorn kommen würdet. Dann können wir uns noch einmal über alles ausführlich unterhalten.“

Sie blinzelt mir zu und reicht mir eine Visitenkarte. Für einen Moment bin ich noch stumm und glotze sie nur an. Doch dann greife ich nach der Karte und finde meine Sprache wieder, um mich zumindest zu bedanken. Schon in der nächsten Sekunde sacke ich wieder in mich zusammen und bin froh, dass mein Vater endlich kommt, um mich und Rüdi nach Hause zu bringen.

Die Sache mit dem Schlafen klappt natürlich überhaupt nicht. Ich bin viel zu aufgekratzt. Das Adrenalin in meinen Adern wird anscheinend nur ganz langsam wieder abgebaut. Eine Stunde lang wälze ich mich in meinem Bett hin und her. Dann gehe ich nach unten in den Lebensraum und schalte den Fernseher an. Aber nicht einmal meine Lieblingsserie „One Piece“ kann mich auf andere Gedanken bringen. Im Gegenteil: Jedes Mal, wenn Ruffy, dieser schräge Manga-Typ, unter der Krempe seines Strohhuts in die Kamera glotzt und mir mit zusammengekniffenen Augen ins Gesicht grinst, zucke ich zusammen und will schreien, weil der Kerl meinem Widersacher Robin so fatal ähnlich sieht. Also knipse ich die Glotze aus und beschließe, Hinrich einen Besuch abzustatten. Rüdiger ist sofort an meiner Seite und wir schlüpfen durch die Terrassentür über die Veranda ins Freie.

Ich staune nicht schlecht, als ich vor der Hütte stehe: Stimmengewirr dringt durch die dünnen Wände an mein Ohr. Anscheinend hatten Muffin und Luisa die gleiche Idee, wie ich.

„Jan! Cool!“, ruft Muffin, als ich den Raum betrete. Sein verstauchter Fuß ist bandagiert und ruht auf dem Stuhl neben ihm. Mit einer theatralischen Bewegung schiebt er sich ein wenig höher auf der Sitzfläche des Sofas, bevor er fortfährt: „Wir dachten, du schläfst und wollten dich nicht stören.“

„Keine Chance“, antworte ich mit einem anerkennenden Blick auf seinen Fuß. „An Schlaf ist nicht zu denken. Erst müssen wir diesen vertrackten Fall aufklären, bevor ich auch nur ein Hühnerauge schließen kann.“

Verstohlen schaue ich zu Luisa hinüber, die neben Muffin auf dem alten Sofa sitzt. Als sich unsere Blicke für den Bruchteil einer Sekunde treffen, spüre ich wieder, wie mir die Ohren ganz heiß werden. Schnell schaue ich weg. Dann nehme ich mir den letzten freien Stuhl und setze mich zu den anderen an den Tisch.

„Okay, Leute: Wie geht's nun weiter?“, will ich wissen.

„Wir sitzen tatsächlich in einer Sackgasse“, meldet sich nun Hinrich, mein alter Freund, zu Wort, während er Rüdigers Kopf in beiden Händen hält und ihn forschend anschaut. „Es hat eindeutig zu viele Verletzte gegeben. Und es hätte noch viel schlimmer kommen können.“

Hinrichs Stimme ist sehr ernst und sehr leise. Jetzt blickt er auf und schaut grimmig in die Runde.

„Deshalb werden wir gleich hier und jetzt die Operation Storchennest für beendet erklären.“

Er macht eine kurze Pause.

Ich bin sprachlos. Luisa und Muffin auch. Wir schauen uns alle drei mit offenen Mündern und großen Augen an. Ich will einen Vorschlag machen, da wir ja zumindest wissen, wer die Urkunde gestohlen hat. Ich hatte mir überlegt, die Robin-Gangster zu beobachten, um zu erfahren, was sie mit dem Stück Papier anfangen wollen, ob sie es einfach einrahmen und wie eine Trophäe über den Küchentisch hängen oder an wen sie es verscherbeln werden. Da habe ich natürlich so meine Vermutung. Doch Hinrich winkt sofort ab und verbietet uns allen, auch nur einen einzigen Gedanken daran zu verschwenden.

„Viel zu gefährlich“, meckert er. „Diese Burschen sind zu allem fähig. Und wenn das einer weiß, dann ja wohl du, Jan.“

Wieder will ich etwas einwenden. Doch sofort erhebt der Alte seine Stimme und sagt, beinahe drohend: „Oder willst du etwa die Verantwortung übernehmen, wenn euch oder Rüdiger...“.

Seine Stimme bricht. Ich glaube, er kämpft mit den Tränen. Ich auch. Wenn ich mir vorstelle, dass meinem Hund oder einem meiner Freunde noch etwas Schrecklicheres passiert, jagt es mir einen kalten Schauer über den Rücken. Das könnte ich mir tatsächlich niemals verzeihen. Da gebe ich Hinrich absolut Recht.

„Ich bin alt“, fährt Hinrich dann fort. „Und so ganz gesund bin ich anscheinend auch nicht. Das haben die im Krankenhaus während der vielen Untersuchungen nach dem Überfall festgestellt. Was ist also so schlimm daran, wenn der alte Walter seinen Kopf durchbekommt, und das Grundstück für seine Zwecke missbraucht. Ich werde es wohl kaum noch erleben, wenn dort keine Störche mehr brüten können. Ich habe mein Möglichstes getan. Mehr geht nicht. Und schon gar nicht auf Kosten Unbeteiligter. Wir sollten akzeptieren, was ist: In diesem Jahr werden die Störche – so oder so - das letzte Mal in Bokel nisten."

Nun ist es also beschlossen: Hinrich will allen Ernstes aufgeben?

„Was ist mit deinem Traum, Hinrich?", frage ich vorsichtig. „Du willst als Storch wiedergeboren werden und zusammen mit deiner Margarete hier auf der Wiese leben. Wie stellst du dir das vor, wenn es diese Wiese nicht mehr gibt?"

„Humbug! Kinderkram! Nichts als Fantastereien!", winkt er ab.

Ich bin fassungslos. Es entsteht eine bedrückende Stille in dem kleinen, schummrigen Raum.

Da erhebt sich Luisa plötzlich vom Sofa und drängelt sich an Muffins Fuß und meinen Knien vorbei zur Tür.

„Möchte jemand einen Tee?", fragt sie in die Runde. „Jan, kannst du mir bitte helfen? Ich glaube, wir können jetzt alle etwas Heißes gebrauchen."

Das klingt sehr erwachsen, finde ich. Also folge ich ihr wortlos ins Haus.

„Kaum zu glauben, wie sich plötzlich alles entwickelt." Luisa füllt den Wasserkocher, während ich ein paar Teebeutel aus der Schublade hervorkrame.

„Ja“, bestätige ich. „Schon komisch, dass es plötzlich weder vor noch zurück zu gehen scheint. Ich habe das Gefühl, als wären wir in einem Raum ohne Türen und Fenster eingesperrt. Und es macht keinen Sinn, den Putz von den Wänden zu kratzen, weil sich dahinter Stahlbeton befindet, der sich in einhunderttausend Jahren nicht wegpulen lässt.“ Ich schüttele deprimiert den Kopf.

„Es gibt natürlich immer einen Weg“, wirft Luisa ein. „Irgendwo in einer dieser Wände befindet sich eine Tür. Aber wir können sie noch nicht sehen. Wir müssen sie nur *entdecken*. Alles, was wir machen müssen, ist, aufmerksam zu sein. Dann werden wir bemerken, wie die Umrisse eines Durchgangs nach und nach erkennbar werden.“

Sie nimmt ihre dicke Brille ab und schaut mich mit einem unglaublich klaren Blick durchdringend an. Mir wird heiß.

„Äh... ja“, stottere ich.

Doch in Wahrheit habe ich keine Ahnung, was sie mir gerade sagen will.

Aber Luisa scheint meine Reaktion zu ignorieren. Unbeeindruckt fährt sie fort: „Du wirst die Tür erkennen, Jan. Glaub mir. Und dann packst du einfach zu und – schwupp! - reißt du sie auf. Ganz einfach.“

„Ganz einfach“, wiederhole ich stumpf. „Doch was ist, wenn die Tür abgeschlossen ist?“

„Nein, Jan! Es *ist* ganz einfach. Du musst nur ab sofort ganz genau aufpassen, still sein, die Augen und Ohren weit aufmachen - also quasi: Auf Empfang. Du wirst die Tür und auch den passenden Schlüssel sehen. Oder besser gesagt: *spüren!*“

Sie hat mich an den Schultern gepackt und schüttelt mich sanft. Diese kleine, zarte Person steht vor mir, ihre Stirn auf Höhe meines Kinns, und hält mich mit ihren schmalen Händen in einer eindringlichen Geste.

„Ich muss dir etwas sagen, Jan.“ Ihre Stimme klingt beschwörend. „Du musst wissen, dass Julius vor einem Jahr noch ein festes Mitglied von Robins Gang war.“

Ich staune nicht schlecht. Bis eben war ich bereit zu glauben, er wäre übergelaufen. Dabei hat er die ganze Zeit über ein doppeltes Spiel gespielt.

„Lass mich mit diesem Arschloch zufrieden! Mit dem bin ich durch!“, rufe ich.

Wieder rüttelt Luisa an meinen Armen, an deren Enden sich gerade vor Wut zwei Fäuste ballen.

„Hör zu!“, sagt sie und ihre Stimme duldet keinen Widerspruch. „Julius ist ein Außenseiter. Immer schon gewesen. Mit ihm wollte schon in der Kita keines der Kinder etwas zu tun haben. Alle fürchteten sich vor diesem schrecklichen Anblick, wenn er die Augen so schaurig verdrehte. Oder wenn sein Körper anfing, unkontrolliert zu zucken. Er hat eigentlich ständig allein gespielt. Seine Eltern haben immer wieder versucht, andere Kinder einzuladen. Ohne Erfolg. Ganz traurig. In der Grundschule habe ich ihn dann kennengelernt. Er hatte gerade sein erstes Skateboard bekommen und ich fand seine Kunststücke toll. Seitdem sind wir Freunde. Doch dann kam Robin. In dessen Clique konnte Julius den Macker spielen. Er machte seine erste Bekanntschaft mit Bier und“, sie stockt kurz, „ich glaube, dass er sogar einmal komplett betrunken war.“

Ist das zu fassen?

„Und weiter?“, frage ich mit leicht unterkühltem Tonfall. Mittlerweile weiß ich nicht mehr, ob ich noch wütend auf unseren Ex-Nerd bin oder ob er mir einfach nur leid tut.

Luisa kneift die Augen ein ganz klein wenig zusammen. Dann lässt sie meine Schultern wieder los und ihre Hände greifen nach meinen. Ein heftiger Stromschlag durchzuckt mich. Glaube ich zumindest.

Dann fährt sie fort: „Ich habe eine ganze Weile versucht, ihn von Robin fernzuhalten. Er selbst hat auch stets beteuert, dass die drei Typen immer kriminellere Sachen veranstalten würden und er auf keinen Fall da hineingezogen werden wolle. Schließlich bot sich die Chance, den endgültigen Absprung zu schaffen, als Muffin und du uns mit zu Hinrich genommen habt, um die Störche zu retten. Eine echte Aufgabe für Julius. Hier konnte er endlich beweisen, dass er zu den Guten gehört.“

Dann schweigt sie und schaut mich noch einmal mit diesem durchdringenden Blick an, der mir so unter die Haut geht.

„Ich konnte doch nicht ahnen, dass seine Verbindung zu Robin und den anderen immer noch Bestand hatte.“ Ihre Stimme klingt so, als würde sie sich selbst die Schuld an allem geben.

„Heh“, sage ich. „Du kannst nichts dafür, dass der Arsch zweigleisig gefahren ist.“

„Er ist kein Arsch!“
„Ist er wohl!“
„Jan. Ich habe das Gefühl, dass Julius der Schlüssel zu unserer verborgenen Tür ist. Ganz sicher!“
Wieder schüttle ich heftig den Kopf und will mich umdrehen. Doch sie hält mich fest.
„Vertrau mir, Jan“, bittet sie beinahe flehend. „Irgendetwas war komisch letzte Nacht, als Julius plötzlich ohne ein Wort verschwunden ist. Er ist der Schlüssel. Das spüre ich. Und du kannst die Tür öffnen.“
Ich bin wie vor den Kopf geschlagen. Die Situation ist ziemlich grotesk.
„Ich glaube, das Wasser ist beinahe verdampft. Wir sollten den Tee aufgießen und zu den anderen zurückgehen“, stelle ich nüchtern fest.
Luisa zuckt hilflos mit den Schultern und stellt nach und nach die gefüllten Teebecher auf das Tablett. Dann folge ich ihr, schwer beladen mit dampfendem Tee, hinaus auf die Veranda und durch den Garten. Kurz darauf öffnet Luisa die Tür zur Hütte. Ich schaue in den schummrigen Raum, und fast in der selben Sekunde ertönt ein lautes Scheppern und Krachen und Klirren. Ich spüre, wie eine heiße Flüssigkeit durch meine Jeans dringt und einen Schmerz, der sich in beide Schienbeine frisst. Doch ich bleibe einfach wie angewurzelt stehen und starre – vermutlich mit einem tief herab hängenden Unterkiefer und einem ziemlich dämlichen Ausdruck auf dem Gesicht – auf die Person, die dort in der kleinen Hütte vor dem Tisch steht.

„Julius!“, krächze ich.

Dann erst bemerke ich, dass ICH die Ursache für das entsetzliche Geräusch gewesen sein muss: Mir ist vor lauter ungläubigem Entsetzen das Tablett mit den Teetassen einfach aus den Händen gerutscht. Zu meinen Füßen breitet sich nun ein hässliches Mosaik aus bunten Scherben und einer bräunlichen Flüssigkeit aus. Meine Hosenbeine haben dunkle Flecken. Mein Herz auch.

„Was willst du hier, Verräter?“, brülle ich und stürze mich augenblicklich auf Julius, der sich keinen Schritt bewegt und mich stattdessen unverwandt anstarrt. Doch in der selben Sekunde spüre ich, wie mich zwei Hände und ein zierlicher Körper daran hindern, meinem Widersacher an die Gurgel zu gehen. Luisa entwirrt das Knäuel, noch bevor es sich verknoten kann. Verdammt!

„Ich kann alles erklären“, höre ich Julius jetzt sagen.

Und dann setzt sich der Kerl doch tatsächlich gemütlich auf's Sofa und beginnt zu erzählen. Und vor meinem inneren Auge blitzt ständig ein Bild auf: Ein Schlüssel, riesig groß, mit einem aufwendig geschmiedeten Kopf, hübsch verziert mit feinen Ornamenten und irgendwelchen Tiergesichtern. Ein langer, glatter Hals schließt sich darunter an und der Bart ist in drei sanften Wellen geschwungen. Der Schlüssel taucht auf, verschwindet wieder, taucht wieder auf und scheint sich langsam zu drehen, sodass ich ihn von allen Seiten betrachten kann. Mit jedem Wort, das Julius über die schmalen Lippen kommt, sehe ich das Bild klarer und klarer. Ich bin jetzt auf einmal ganz ruhig und lausche, schließe die Augen und schaue, sehe die Zukunft und warte.

„Bestimmt wisst ihr schon, dass ich eine Zeit lang mal zu Robins Gang gehört habe“, beginnt Julius. „Ich fand die drei ziemlich cool. Und außer Luisa und ab und zu mal Muffin hatte ich keine Kumpels. Irgendwann allerdings war es nicht mehr bloß „cool“, sondern mehr und mehr kriminell mit den Typen. Aber ich konnte mich trotzdem nie so ganz trennen.“ Er zuckt mit den Schultern. „Als Luisa mich dann mit zu Hinrich gebracht hat, hatte ich gleich das Gefühl von *echter* Freundschaft. Doch Robin hatte immer noch eine gewisse Macht über mich und ich bin noch ein oder zweimal mit den Idioten unterwegs gewesen. Als Robin dann vor ein paar Tagen berichtete, dass er einen ganz dicken Fisch an Land gezogen hätte und dass wir eine Menge Geld kassieren könnten, hatte ich plötzlich eine Idee: Ich wollte ihm eine Falle stellen und endlich dafür sorgen, dass er seine gerechte Strafe bekommt. Und dann stellte sich heraus, dass ich mitten in ein Wespennest gestochen hatte.“

Wir starren ihn an. Keiner spricht ein Wort.

„Ich weiß jetzt, wer hinter dem ganzen Theater steckt“, behauptet Julius und grinst zufrieden.

Ich halte gespannt den Atem an und fixiere ihn mit zusammengekniffenen Augen.

„Stellt euch vor:“, fährt er endlich fort. „Der *dicke Fisch* ist kein Geringerer als euer lieber Walter!“

Julius zuckt vor Vergnügen mit dem ganzen Körper, seine Augen rollen so wild, wie nie zuvor. Und während seine Gesichtszüge entgleisen und er ein paar urige Grimassen schneidet, erzählt er einfach weiter: „Von Marcel habe ich erfahren, dass der alte Schütt Robin vor einiger Zeit erwischt hat, wie der versucht hat, einige Flaschen Bier zu klauen. Der Alte würde aber sein Geheimnis für sich behalten, wenn Robin ihm ein paar Gefallen tun würde. Für das Dokument wollte er sogar ein paar hundert Euro springen lassen. Aber das Schlimmste ist“, er macht eine dramatische Pause. „Das Schlimmste ist, dass Robin, Marcel und Tom das Feuer in Hinrichs Kate verursacht haben!“

Hinrich springt auf. „Was erzählst du da?“, ruft er beinahe empört. „Willst du etwa sagen, die drei Knirpse sind nicht nur Einbrecher, Schläger und Diebe, sondern sogar Brandstifter?“

Julius schweigt betroffen. Er schaut Hinrich mit einem beinahe schuldbewussten Blick an. Dann nickt er ganz langsam und fragt: „Hinrich, du kannst dich doch wieder an den Nachmittag deines „Unfalls“ erinnern. Walter war bei dir und hat dich gedrängt, das Grundstück so schnell wie möglich zu verlassen.“

Jetzt erwache ich aus meiner Schockstarre. In meinem Hirn fängt es wieder laut an zu rattern. Langsam begreife ich die Zusammenhänge. Ungeachtet der Scherben auf dem Boden ziehe ich mir einen Stuhl heran und setze mich rittlings – mit der Lehne nach vorn - ganz langsam hin, bevor ich laut überlege: „Wie wir ja schon vermutet haben, wird Walter auch kürzlich von seiner Mutter die gleiche Geschichte über seine familiäre Verbindung zu Hinrich erfahren haben, wie wir. Deshalb geriet er plötzlich unter Druck, weil Hinrich womöglich auf sein Erbe bestehen würde. Wir wissen außerdem, dass es zu einer Auseinandersetzung kam, bei der er Hinrich so heftig gestoßen hat, dass dieser stürzte und bewusstlos liegen blieb. Wahrscheinlich hat der feige Kerl in seiner Panik schleunigst den Hof verlassen und dann seinen Auftrags-Kriminellen Robin die Spuren des Kampfes beseitigen lassen. Dem fiel natürlich nichts Besseres ein, als die Kate in Brand zu setzen. Er brauchte nur dafür zu sorgen, dass die alten Stromkabel überlastet wurden und die Sicherungen nicht herausspringen konnten, indem er diese einfach überbrückte."

„In Physik ist Robin tatsächlich ein Einser-Kandidat", ruft Muffin dazwischen. „Elektrizität ist *sein* Fach! Da traue ich ihm so Einiges zu!"

Dann übernimmt unser zuckender, zappelnder Julius wieder und berichtet weiter: „Als Robin mich mit einem fadenscheinigen Argument nach Hinrichs Urkunde fragte, habe ich unsere Chance gesehen, dem Typen das Handwerk zu legen. Ich habe das Dokument kurz vor unserem Aufbruch in die Scheune gestern Abend noch schnell kopiert – anscheinend ist mir das sehr gut gelungen, denn weder Marcel noch Robin haben etwas bemerkt. Wahrscheinlich haben sie ihre Beute bereits an den Auftraggeber übergeben."

„Wo ist denn das echte Dokument?", will Hinrich nun wissen. „Und warum hast du uns nicht eingeweiht? Damit hättest du eine ganze Menge Ärger und Schmerzen verhindern können."

Julius verzerrt das Gesicht zu einer weinerlichen Maske, als ihm dieser Vorwurf entgegenschleudert.

„Ich wollte verhindern, dass Robin Verdacht schöpfen konnte. Alles sollte echt wirken. Unser Aufenthalt in der Scheune zum Beispiel. Leider sind wir ein wenig zu früh zurückgekommen. Abgemacht war allerdings, dass Marcel gegen Mitternacht in die Hütte einbricht. Der Idiot fand es anscheinend spannender, bis zur letzten Minute zu warten."

Dann scheint er kurz zu überlegen.

„Das echte Dokument ist übrigens – HIER!"

Mit diesen Worten zieht er einen zusammengefalteten Zettel aus seiner Hosentasche und hält ihn wie eine Trophäe in die Höhe. Dann wedelt er damit vor Hinrichs Nase herum.

„Hier ist der Schlüssel zu deiner Zukunft, Hinrich, alter Freund", lacht er.

„Dann lasst uns jetzt endlich diese Tür aufschließen, ihr Nerds!", rufe ich aufgeregt.

Luisa und ich schauen uns an und sie nickt mir zu. Ich weiß, dass wir beide dasselbe denken. Ein warmes Gefühl steigt in mir hoch und greift sanft nach meinem Herzen, das soeben ein oder zwei Extra-Hüpfer macht.

Hinrich sitzt derweil regungslos auf seinem Stuhl und schaut mit ungläubigem Blick in die Runde. Anscheinend kann er noch nicht so ganz begreifen, dass sich nun alles zum Guten wenden wird, dass eine verborgene Tür aufgesprungen ist und der Weg jetzt frei ist, um in eine neue Zukunft zu starten.

Plötzlich springt Muffin vom Sofa auf und schlägt mit der flachen Hand auf den Tisch. Rüdiger erschrickt und fängt an zu bellen. Auch wir anderen zucken zusammen und schauen unseren Freund verwirrt an.

„Die Operation Storchennest geht hiermit in ihre letzte Phase“, verkündet er mit feierlicher Stimme. „Die vier *Nerds mit Herz* sind wieder glücklich vereint. Das Gute wird siegen!“

Ich würde darauf gerne anstoßen, aber leider liegt unser Zaubertrank zu meinen Füßen und versickert zwischen den Holzdielen. Egal. Wäre ja jetzt sowieso ein Becher zu wenig.

Nun räuspert Hinrich sich und verschafft sich damit Gehör.

„Ich denke, ihr habt Recht. Wir haben nun genug Beweise, um damit zur Polizei zu gehen. Jetzt können wir dafür sorgen, dass Walter seine gerechte Strafe bekommt. Und Robin und seine Kumpels ebenfalls.“

Eine Stunde später fallen wir wie ein Schwarm Hornissen in der Polizeiwache in Elmshorn ein, weil jeder von uns etwas Wichtiges zu Protokoll zu geben hat. Nachdem wir unsere Aussagen gemacht haben und Hinrich als letzte Beweise sowohl die Schenkungsurkunde als auch Walters Kündigungsschreiben für den Pachtvertrag vorlegt, können die Beamten sowohl Walter als auch die drei Robin-Gangster wegen dringenden Tatverdachts vorläufig festnehmen.

Ich würde wahnsinnig gerne Mäuschen spielen und dabei zuschauen, wie Walter, Robin, Marcel und Tom die Haustüren öffnen und einem Streifenwagen ins offene Maul glotzen. Leider ist das nicht möglich.

Aber in meiner Fantasie stelle ich mir die dummen Gesichter dieser Typen vor, die sich anscheinend allesamt selbst überschätzt haben und der Meinung waren, dass ein paar harmlos ausschauende Nerds, ein Hund und ein alter Mann sich von brutaler Gewalt und krimineller Energie beeindrucken ließen.

Wir stehen nun draußen vor der Wache und warten, dass unsere Eltern uns abholen. Es herrscht ein aufgeregtes Geplapper. Wir sind erleichtert, müde, aufgekratzt. Was für ein Abenteuer. Und wir haben es überstanden. Wir haben den Fall gelöst, auch wenn es für einen Moment nicht danach aussah. Den Rest macht nun die Justiz. Und wir, die „Nörds mit Hörds" haben ein paar Lektionen auf diesem schwierigen Weg gelernt. Ich weiß jetzt zum Beispiel, dass Freundschaft nicht nur bedeutet, gemeinsam ins Kino zu gehen oder Handball zu spielen, sondern dass sie vielmehr etwas mit Zusammenhalt und gegenseitigem Vertrauen zu tun hat. Ich habe auch erkannt, dass die Dinge manchmal anders sind, als sie auf den ersten Blick scheinen. Und dass nichts - aber auch gar nichts! - selbstverständlich ist. Oder von Dauer. Plötzlich schlägt vor deiner Nase eine Tür zu und du bist erschrocken und stocksteif. Doch dann, wenn du nur fest daran glaubst und es zulässt, erkennst du im Halbdunkel einen anderen Ausgang. Der war vielleicht vorher gar nicht zu sehen, weil kurz zuvor das helle Tageslicht ihn völlig überstrahlt hat. Oder, weil du einfach nur die falsche Brille auf der Nase hattest. Oder, weil du immer in die entgegengesetzte Richtung geschaut hast.

Seit meiner Ankunft in Bokel sind nur knapp drei Monate vergangen. Doch es fühlt sich an, als wären es viele Jahre.

Ich schaue in die Runde. Meine Freunde reden immer noch laut durcheinander. Sie lachen und gestikulieren wild mit den Armen. Und einer von ihnen rollt jetzt bestimmt heftig mit den Augen. Rüdiger läuft die ganze Zeit aufgeregt um den schwatzenden Haufen herum, wedelt mit dem Schwanz und bellt ab und zu, um zu bekräftigen, dass auch er dazu gehört. Hinrich steht in der Mitte, tanzt humpelnd im Kreis herum und reißt immer wieder die Arme in die Höhe. Er freut sich wahnsinnig, dass er nun wohl doch auf seinem Hof bleiben darf und die Störche zumindest in der nächsten Zeit eine Zukunft in Bokel haben werden.

Mitten in seinem Freudentanz ruft er: „Es ist jetzt wohl Zeit für ein Frühlingsfest, ihr Lieben. Wir haben eine ganze Menge zu feiern!“

„Ihr denkt, es ist der Klapperstorch,
watet durch die Sümpfe.
hat ein schwarzweiß Röcklein an
und trägt rote Strümpfe.
Fängt die Frösche, schnapp, schnapp, schnapp.
Klappert lustig, klapperdiklapp.
Nein, es ist Frau Störchin!“
- H.H. von Fallersleben

Heute

Ist nach dem Tod alles zu Ende? Haben wir nur ein einziges Leben? Wenn nicht, wohin gehen wir dann? Was wird aus uns?

Ich habe mich das immer und immer wieder gefragt. Ganz besonders in der Zeit, als es Hinrich jeden Tag schlechter ging. Wahrscheinlich, weil ich mir so sehr wünschte, dass er uns nicht für immer verlassen würde. Ich wollte eine Antwort, einen Anker, etwas, an dem ich mich festhalten konnte.

Die Ärzte hatten einen ziemlich großen Tumor in seinem Kopf gefunden, als sie ihn nach dem Überfall vor einem Jahr so gründlich untersucht hatten. Er weigerte sich jedoch, sich operieren zu lassen. Stattdessen schluckte er Schmerzmittel in immer höheren Dosen und versuchte ansonsten, ein einigermaßen normales Leben zu führen.

„Ich habe nicht mehr genügend Zeit, um diese in einem Krankenhaus zu vergeuden“, sagte er dann immer, wenn einer von uns dieses heikle Thema ansprach.

Und dann erklärte er ganz ausführlich, dass sein Aufenthalt hier zwar bald beendet, er aber ja demnächst wieder bei uns sei – als Storch. Zusammen mit Margarete, seiner *Perle.*

Das mochte ja eine romantische Vorstellung sein, die ihm – und uns - die Angst vor dem Sterben ein wenig erleichterte. Aber für mich zählte vor allem das *Hier* und das *Jetzt*. Unsere Freundschaft, unsere Abenteuer, unser gegenseitiges Vertrauen.

Aber, wenn ich ehrlich bin, hatte ich nicht eine einzige Sekunde lang das Gefühl, dass Hinrich Schiss davor hatte, zu gehen. Er erklärte, es gäbe nichts, das er bereute, dafür aber viele schöne Dinge, die er erleben durfte und die er getan hatte, in seinem Leben. Er hätte viel gelernt, viel geliebt und wäre sehr zufrieden gewesen in all den Jahren. Lauter gute Gefühle, die er mitnehmen könnte in sein neues Leben.

Und das wiederum glaubte ich ihm aufs Wort.

Nun ist es also schon wieder März. Unser Abenteuer „Operation Storchennest“ liegt jetzt ziemlich genau ein Jahr zurück. Walter verbüßt eine saftige Freiheitsstrafe wegen Anstiftung zu mehreren schweren Straftaten sowie fahrlässiger

Körperverletzung. Darüber hinaus hat er Hinrich eine hohe Summe Schmerzensgeld zahlen müssen. Davon wurde im letzten Sommer schon einmal das Dach der alten Scheune erneuert. Und Hinrich bekam auch ein neues Haus. Das ist sehr klein und ganz hübsch, und es passt wunderbar zu dem restlichen Ensemble auf dem Hof. Bereits im Juli konnte er einziehen und es sich dort für die letzten Monate gemütlich machen. Der schönste Raum in der kleinen Kate ist – natürlich – die Küche! Hier trafen wir - die Nerds - und Hinrich uns dann beinahe täglich und haben unsere Projekte geplant und umgesetzt, viel Tee und Kakao getrunken und jede Menge belegte Brote, Kuchen und Kekse in uns hineingestopft.

Außerdem veranstalteten wir Hinrichs „Frühlingsfest" auf dem Weber-Hof und erhielten dadurch viel Aufmerksamkeit für die Störche. Es gibt seitdem einige Bauern in Bokel, die zusammen mit einem großen Futtermittelhersteller eine Patenschaft übernahmen. Und es wurde der Verein „Storcheneltern" gegründet, der immer mehr Mitglieder zählt.

Auch Mom und Paps und einige unserer Nachbarn sind aktiv dabei. Und zweimal im Jahr wollen wir unsere Storchenfeste veranstalten. Das erste soll nun immer im April zur Begrüßung der Vögel stattfinden. Das zweite im August, kurz vor ihrem Aufbruch in die Winterquartiere. Die gesammelten Spenden fließen übrigens direkt in die Projekte rund um den Erhalt der Natur auf der Storchenwiese.

Von Robin und seiner ruhmlosen Ritterschar gibt es auch Neues zu berichten: Sie wurden zu einigen (hundert) Stunden „Sozialarbeit“ verdonnert, weil sie mit ihren kriminellen Handlungen in der Vergangenheit ziemlich viele Minuspunkte gesammelt hatten. Ich hatte dann die Idee, dass sie diese Stunden auf Hinrichs Hof absolvieren sollten. Damit konnten sie zumindest ein ganz klein wenig wieder gutmachen, was sie meinem Freund im letzten Jahr angetan hatten. Und - was soll ich sagen? Sie schlagen sich ganz gut. Und ich glaube, dass sie mittlerweile sogar eine ganze Menge Spaß haben, weil sie das Gefühl bekommen, gebraucht zu werden und etwas Sinnvolles zu leisten. Marcel kann nun sogar andere Werkzeuge als ein Klappmesser benutzen. Mit einer Säge und einem Hammer kommt er bestens klar, und unter seinen geschickten Händen entstehen exakt zugeschnittene Dachsparren oder ein neuer Gartenzaun. Es zeigt sich, dass jetzt ER die Führungsposition in dem Dreigestirn übernommen hat, weil er ein wirklich guter Handwerker und ein ebenso qualifizierter „Erklärer“ ist.

Tom hat in der Zwischenzeit seine Leidenschaft für die Ornithologie entdeckt und sitzt manchmal stundenlang mit einem Fernglas bewaffnet am Rand der Wiese, um irgendwelche Vögel zu beobachten.

Und Robin recherchiert ganz genau, was auf dem Hof noch zu fehlen scheint oder zu verbessern ist. Zum Beispiel hatte er im Sommer die Idee, einen Brunnen zu bohren, um einen Teich mitten auf der Wiese anzulegen. Hier entwickelte sich dann nach und nach ein Biotop. Es siedelten sich viele Insekten an, und dann kamen Kröten, Frösche und einige Reptilien. Für die Nahrungssuche der Störche außerordentlich hilfreich.

Ich will nicht behaupten, dass die drei meine besten Freunde werden könnten, aber ich bin sehr froh über ihre tatkräftige Hilfe bei der Umsetzung unseres Projektes. Sie sind nun schon einige Monate im Team und bringen sich mehr und mehr ein. Und das, obwohl die Strafe längst abgegolten wurde.

Und ich lerne daraus, dass jeder Mensch sich ändern kann. Egal, wie dunkel seine Seele ist.

Jetzt naht also wieder einmal der Frühling. Die ersten Störche treffen nach und nach ein. Julius plant gerade, für unser Frühlingsfest einige Spiele für die jüngsten Gäste zu bauen. Marcel sägt und hämmert nun wie bescheuert einen Dosen-Wurf-Stand, eine Kegelbahn und ein Glücksrad zusammen. Tom sorgt dafür, dass alles hübsch bunt angemalt wird. Und Luisa und ich sind quasi die Marketingabteilung und kümmern uns derweil um die Homepage des Vereins und die Flyer für die Einladungen. Die sind nun übrigens nicht mehr handgeschrieben, wie im letzten Jahr, sondern ganz professionell entworfen und gedruckt, und wir sind sehr stolz auf unsere Arbeit.

Es soll ein ganz besonders schönes Fest werden, denn es ist das erste mal, dass wir ohne Hinrich auskommen müssen. Und ich stelle mir vor, dass er irgendwo sitzt und uns zuschaut. Vielleicht nicht gerade von einer Wolke aus. Da schon seit Tagen wundervollstes, wolkenfreies Sonnenwetter herrscht, hätte er auch gar keine Chance auf einen Sitzplatz am Himmel. Ich würde ihn sowieso eher auf einem der umstehenden Bäume vermuten.

Mein alter Freund hat sich im Januar klammheimlich von uns verabschiedet. Zufällig genau an dem Tag, an welchem sich mein Umzug nach Bokel und das unvergessene Abenteuer in Hinrichs Scheune jährte. Ich fand ihn in seinem Bett in der Kate.

Ich weiß noch, dass ich mich wunderte, weil er sich an diesem Morgen weder hören noch sehen lassen hatte, obwohl es schon ziemlich spät gewesen war. Also habe ich mir mein Fahrrad geschnappt und bin mit Rüdiger zu ihm auf den Hof gefahren. Alles war still und die Rollos überall noch herunter gelassen. Ich klingelte ein paar mal – ohne Erfolg. Ich dachte, dass es schon sehr komisch wäre, wenn er noch schliefe. Also holte ich, mit einem mulmigen Gefühl zwischen Herz und Magengegend, den Schlüssel, den Hinrich für uns Nerds in einem Versteck in der Scheune hinterlegt hatte, und betrat das kleine Haus. Das Gefühl wurde immer schlimmer. Wahrscheinlich ahnte ich bereits, was los war. Leise schob ich die Tür zu seinem Schlafzimmer auf und spähte hinein. Hinrich schlief tatsächlich noch, wie es aussah. Ich klopfte zögernd an die Tür und flüsterte: „Hinrich?“, um ihn nicht zu erschrecken. Aber er regte sich nicht. Und mir dämmerte nun, dass er gar nicht mehr aufwachen *wollte*!

Zuerst war ich geschockt! Noch nie in meinem Leben hatte ich einen Verstorbenen gesehen! Doch dann konnte ich nicht anders: Ich musste ihn anschauen. Da lag er nun, in seinem Bett. Es war so ein friedliches Bild. Fast schien es, als würde er lächeln. Der Ausdruck auf seinem faltigen Gesicht war so entspannt und glücklich, dass sich meine gruseligen Gedanken von einer Sekunde zur anderen in Luft auflösten. Er lag still da und lächelte mich an. Und ich wusste: seine Aufgabe hier ist erfüllt. Er ist fort.

Ich spürte diese unendliche Traurigkeit. Aber mir war auch klar, dass er nun nicht mehr leiden musste und seine immer stärker werdenden Schmerzen endlich überstanden waren.

Dann ging ich zum Fenster und öffnete es einen Spalt breit, ohne genau zu wissen, warum. Ich ahnte allerdings, dass seine Seele, wenn sie es denn wollte, dieses kleine Haus nun verlassen könnte und – ja, was eigentlich?

Jetzt sitze ich in Hinrichs gemütlicher Küche und schreibe in mein Logbuch. Gleich kommen die anderen. Luisa und ich wollen noch einmal die Homepage des Vereins überarbeiten und ein paar neue Mitglieder willkommen heißen. Muffins Biolehrer, Herr Brockmöller, ist jetzt auch ganz engagiert dabei. Ebenso meine Lieblings-Deutschlehrerin *Frau Doktor*. Darüber freue ich mich am meisten. Außerdem wollen wir das Rahmenprogramm für das Fest um die neuesten Attraktionen - Dosenwerfen, Glücksrad und Kegelbahn - ergänzen. Und Luisa hatte die wunderschöne Idee, eine Art Nachruf für unseren guten Storchenvater Hinrich zu schreiben. Das

Frühlingsfest steht nun also ganz im Zeichen des Abreisens und Ankommens. Der Kreis des Lebens schließt sich. Und deshalb wird es ein ganz besonderer Event werden. Das weiß ich. Und Hinrich schaut uns die ganze Zeit zu und ist sicherlich sehr zufrieden mit unserem Engagement. Wir werden ihn nicht enttäuschen.

Bei diesem Gedanken muss ich unwillkürlich lächeln, und mir wird ganz warm vor Dankbarkeit.

Plötzlich reißt mich ein ungewöhnlicher Lärm aus meinen Überlegungen, und ich gehe vor die Tür, um nachzuschauen, was da los ist.

Muffin, Julius und Luisa sind soeben aufgetaucht, und anstatt ins Haus zu kommen, bleiben sie vor dem Gemüsegarten stehen und rufen lauthals nach mir. Rüdiger, der die ganze Zeit über zu meinen Füßen unter dem Küchentisch gelegen und ein Nickerchen gehalten hat, springt an mir vorbei und auf den schnatternden Haufen zu. Ich muss blinzeln, weil es so wahnsinnig hell hier draußen ist. Den Wortfetzen meiner Freunde kann ich immer noch keinen Sinn entnehmen.

„Hallo!“, rufe ich dazwischen. „Ich freue mich auch, euch zu sehen!“

Ganz kurze Pause.

Dann dreht Muffin sich zu mir um, wedelt aufgeregt mit den Armen und ruft: „Da ist gerade ein weiterer Storch auf der Wiese gelandet!“

„Ah! Schön!“, sage ich. Das passiert neuerdings beinahe täglich.

„Komm schon, Jan, das musst du dir ansehen!“, höre ich jetzt alle im Chor rufen.

Also trabe ich zu ihnen hinüber. Als ich am Garten ankomme und die Storchenwiese die jetzt in gleißendes Mittagslicht getaucht ist, überblicken kann, bin ich erneut völlig geblendet. Schützend schirme ich meine Augen mit einer Hand ab, blinzele noch ein paar mal und kann dann endlich den Neuzugang erkennen. Der steht einfach da, nur wenige Meter von uns entfernt, ganz ruhig, und lässt uns scheinbar keine Sekunde aus den Augen. Ich kann aus dieser kurzen Distanz sogar erkennen, dass er offensichtlich nicht beringt ist.

Wir sind nun alle ganz still. Es ist eine sehr sonderbare Atmosphäre, die uns und diesen Storch zu umgeben scheint. Ich habe das Gefühl, dass nicht das Sonnenlicht, sondern vielmehr der Vogel selbst so hell strahlt. Außerdem scheint er uns eindringlich zu mustern, und er hat überhaupt keine Scheu.

Dann höre ich Rüdiger plötzlich ein leises Winseln von sich geben. Er hat sich in Bewegung gesetzt und geht nun ein paar Schritte auf den Storch zu. Nach ein paar Metern bleibt er stehen. Der Storch dreht sich langsam und bedächtig zu ihm um. Jetzt erkenne ich, dass sein Gefieder ziemlich grau, ja, beinahe schmutzig, im Sonnenlicht schimmert.

Rüdiger setzt sich nun einfach hin und scheint gespannt auf irgendetwas zu warten. Die beiden Tiere schauen sich sekundenlang an, und ich kann förmlich spüren, dass es eine Art Kommunikation zwischen ihnen gibt.

Dann springt mein Hund plötzlich wieder auf, dreht sich um und trottet auf uns zu, als wäre nun alles gesagt.

Auch der Storch senkt jetzt seinen Kopf, durchpflügt – ein wenig halbherzig – mit dem langen Schnabel ein paar Maulwurfshügel nach etwas Fressbarem, um dann ein paar Schritte in Richtung des neuen Teichs zu machen.

Ich stutze. Kann das sein? Mit beiden Händen reibe ich mir die Augen.

„Habt ihr das gesehen?“, frage ich aufgeregt.

„Du meinst …?“, beginnt Luisa.

„Ja!“, rufe ich. „Genau!“

Wir stehen am Rand der Storchenwiese und starren auf diesen einsamen Kameraden, der anscheinend soeben beschlossen hat, hier eine Rast einzulegen, und können kaum glauben, was sich dort vor unseren Augen abspielt: Der Storch scheint ein verletztes Bein zu haben. Er humpelt!

Aber das kann doch nicht sein, oder?

Meinen Freunden scheint es genau so zu gehen, wie mir. Lediglich Rüdiger, der sich jetzt wieder ganz entspannt neben mich gesetzt hat, findet die Situation anscheinend völlig normal.

Und jetzt passiert noch etwas Eigenartiges: Über unseren Köpfen rauscht es ganz leise, und ein dunkler Schatten gleitet in einem großen Bogen über den Gemüsegarten hinweg auf die Wiese und auf den hinkenden, grauen Storch zu. Der bleibt sofort stehen, biegt seinen Hals weit nach hinten, sodass der Kopf beinahe das Rückengefieder berührt. Dann beginnt er aufgeregt, wie zur Begrüßung, mit dem Schnabel zu klappern. Der zweite Storch landet dicht neben dem Grauen und beugt ebenfalls den Kopf weit nach hinten, um den Gruß zu erwidern. Es folgt eine Art Tanz, eine minutenlange Performance, die immer wieder von dem fröhlichen Geklapper begleitet wird.

Muffin boxt mir eine Faust in die Seite, als wolle er mich aufwecken.

„Siehst du, was ich sehe, Jan?“, fragt er mich mit sanfter, beinahe andächtiger Stimme. „Der zweite Vogel hat viele kleine, weiße Flecken auf seinen schwarzen Flügelfedern. Das sieht beinahe aus, wie... Perlen!“

Jetzt erkenne ich, was er meint. Das Muster auf dem schwarzen Gefieder sieht aus, wie eine Kette aus großen Schaumperlen. Und dann erinnere ich mich wieder an das Gespräch mit Hinrich, in dem er uns von seiner Frau, seiner großen Liebe, erzählte.

„Margarete“, flüstere ich. „Die *Perle*!“

Ich spüre plötzlich, dass Luisa nach meiner Hand greift und sie sanft drückt.

Als wir irgendwann zurück zum Haus gehen, herrscht tiefes Schweigen. Jeder von uns hängt seinen Gedanken nach. Aber wir scheinen alle über das Gleiche zu sinnieren. Luisa hält immer noch meine Hand. Es ist eine vertraute Geste.

Ich drehe mich noch einmal kurz nach den beiden Turtelstörchen um, die jetzt Seite an Seite über die Wiese waten. In diesem Augenblick weiß ich, dass der Kreis sich nun wirklich schließt, weil Hinrich und seine Margarete endlich zu Hause sind - für immer.

ISBN 978-3-7541-1375-2
9 783754 113752
00002
www.epubli.de